糟糕壞小孩

髒兮兮

THE WORLD'S WORST CHILDREN

大衛・威廉（David Walliams）著

東尼・羅斯（Tony Ross）繪

晨星出版

David Walliams

大衛‧威廉幽默成長小說

大衛‧威廉繪本

─────── 蘋果文庫 135 ───────

糟糕壞小孩：髒兮兮
The World's Worst Children

作者：大衛·威廉（David Walliams）
繪者：東尼·羅斯（Tony Ross）
譯者：郭庭瑄

責任編輯：呂曉婕 ｜ 文字校對：呂曉婕、謝宜真
封面設計：鐘文君 ｜ 美術編輯：鐘文君、張蘊方

負責人：陳銘民 ｜ 發行所：晨星出版有限公司 ｜ 行政院新聞局局版台業字第 2500 號
讀者服務專線　TEL：（02）23672044 /（04）23595819#230
讀者傳真專線　FAX：（02）23635741 /（04）23595493
讀者專用信箱：service@morningstar.com.tw
晨星網路書店：www.morningstar.com.tw

法律顧問：陳思成律師
郵政劃撥：15060393 ｜ 知己圖書股份有限公司
讀者服務專線：02-23672044、02-23672047
印刷：上好印刷股份有限公司
出版日期：2021 年 08 月 15 日 ｜ 定價：新台幣 350 元
再版日期：2023 年 04 月 10 日（二刷）

ISBN 978-626-7009-32-1
CIP 873.596　　　　　110010908

線上填回函，立即獲得
50 元購書金。

大衛·威廉

東尼·羅斯

獻給湯姆 (Tom)
和喬治 (George)，
世界上最棒的兩個孩子。

獻給溫蒂 (Wendy)
和 the Savannahs

謝謝大家

 ## 我要謝謝下面這幾位……

Tony Ross，本書繪者，六歲時曾把一個裝滿蝌蚪的水桶放在奶奶房間，忘得一乾二淨……過了幾週，奶奶被一大堆跳上床的青蛙嚇得放聲尖叫，他才想起來。

Ann-Janine Murtagh，我的執行出版人，小時候的她每天晚上都要六個哥哥姊姊講故事給她聽，每個人都要講，不然她就不睡覺，搞得大家經常半夜才睡！

Charlie Redmayne，出版商執行長，曾偷拿廚房裡的果凍，卻讓妹妹背黑鍋，一直瞞到現在才承認。

Paul Stevens，我的文學經紀人，小時候曾把爸爸最高級的西裝外套剪破一個洞。

Ruth Alltimes，我的編輯，五歲時曾把一大壺柳橙汁倒在妹妹頭上。

Rachel Denwood，出版暨創意總監，六歲那年，她決定要看看自己能在鼻孔裡塞多少豌豆。

Sally Griffin，設計師，七歲的她把媽媽的黃水仙全摘下來，放在自己的「花店」賣。

Anna Lubecka，設計師，小時候曾用指甲剪剪光自己的頭髮。

Nia Roberts，藝術總監，六歲時曾拿紅色指甲油在爸媽的結婚照上亂畫。

Kate Clarke，本書封面設計師，小時候曾剪斷媽媽心愛（而且很貴）的圍巾，拿來做拼貼畫。

Geraldine Stroud，公關總監，幼時曾把媽媽梳妝臺上的化妝品和保養品全都混在一起，捏成有香味的餅狀物，丟得滿屋子都是。

Sam White，我的公關，小時候曾在媽媽床上尿尿，而且沒有告訴她。

Nicola Way，行銷總監，五歲時曾「綁架」弟弟和家裡的狗，逃了整整一個小時！

Alison Ruane，品牌總監，十歲時曾用辣椒粉烤英式鬆餅，逼弟弟吃下肚。

Georgia Monroe，文字編輯，幼時曾把嬰兒用的屁屁膏灑得整個房間都是。她本來應該要乖乖睡午覺才對！

Tanya Brennand-Roper，我的有聲書編輯，小時候曾到花園裡抓了很多蟲蟲放在廚房，想把媽媽嚇到尖叫！

大衛‧威廉

前言

拉吉，書報攤小販／撰

拜託，拜託，拜託，一千個拜託，
一萬個拜託，**不要看這本書！**

　　如果你已經買了，請立刻把書銷毀；如果你是在鄉鎮圖書館裡翻閱，請立刻把書帶出來撕掉，用力踩，踩完再撕一次以防萬一，接著把碎紙片埋進地底，愈深愈好，**確保一切安全無虞**。*

　　這是一本非常糟糕的書，特別是ㄆㄧㄥ寫的部分，會對幼小的心靈造成嚴重的負面影響。除此之外，書中的故事會給孩子**很多很多**靈感，讓他們知道如何變得**更頑皮**；可怕的是，有些小孩原本就超頑皮了。這種惡行簡直駭人聽聞，令人髮指！我強烈呼籲將這本書列為**禁書**！寫出這本的那個叫大衛・威什麼鬼的先生應該要對自己的行為感到慚愧！

　　為什麼那個體型高大、看起來像碗櫥穿西裝的喜劇演員不能寫一本關於好孩子做好事的好書？為什麼不寫一個小女孩善待貓咪的故事？或是一個善良的小男孩協助受傷的蝴蝶過馬路？不然寫兩個孩子到草原上摘野花送給因輕微頭痛而臥病在床的媽媽也可以啊？這樣一來，這本書就會變成《**世界上最乖、最棒、最善良、最可愛的孩子**》。

---

*編註：拉吉叔叔的英式幽默，請不要照做啊！拉吉叔叔不會擔保你的！

結果完全不是。

他反倒寫了一大堆可怕的故事，裡面的小孩不是瘋狂放屁，就是教頭蟲做壞事；還有人整天挖鼻孔，打算做出全世界最大的鼻屎。

我絕對、絕對不會讓這些糟糕的孩子靠近我的書報攤。在此我要很驕傲地宣布，我的店最近被票選為整條商店街最讚的書報攤。

「拉吉書報攤」是目前商店街上唯一一家書報攤。話說回來，我的店在去年的「最讚書報攤票選活動」中拿下第二名，第一名是自助洗衣店。

我絕對不會讓書裡這些恐怖的孩子來我店裡享受特惠活動，像是「103個爆爆雪酪糖算你102個的價格」，還有「買跟體重一樣多的薄荷糖就免費再送一顆，數量有限，要買要快！」之類。

其實我有很多庫存，而且都過期了，所以要買也不用快，悠閒地走過來買就可以了。

最過分的是，我在本書登場的次數少之又少，簡直是一大侮辱！我可是那個內心邪惡陰鬱又扭曲的威廉還威利先生筆下有史以來最帥、最聰明的角色！他居然只叫我寫前言，還嚴格規定不准超過兩頁！**兩頁！**

威什麼來著的先生，你聽著，我可是

拉吉書報攤的拉吉

目　錄

愛流口水的德魯

　　很久很久以前，有個男孩名叫德魯。德魯常常**流口水**，不是像一般人那樣每天流一點，只有幾滴奇怪又黏答答的唾液從下巴滴下來，完全不是，是大規模生產的那種，一天能流出好幾公升那麼多。

愛流口水的德魯

　　你可能在想，為什麼德魯這麼會流口水？那是因為他是一個很懶惰的人。如果可以，他會睡好睡滿，**一天二十四小時，每週七天，一年三百六十五天**全都拿來睡，而且還一邊睡一邊流口水。

呼嚕嚕呼嚕嚕
滴答！呼嚕嚕呼嚕嚕
滴答！

　　口水就這樣不斷從德魯嘴巴裡流下來，滴到地板上。

　　平常早上要上學的時候，德魯的家人都必須抓著他的腳把他拖下床；如果拖不下來，他們就會連人帶床把他推到學校。一到學校，德魯一樣會立刻倒頭就睡，進入夢鄉。

呼嚕嚕呼嚕嚕
滴答！呼嚕嚕
滴答！

　　德魯最喜歡在課堂上好好小睡一番，甚至還因為帶睡袋去學校成為眾所皆知的人物。有了睡袋，他就能每堂課都在瞌睡中度過。

　　雖然體育課有點難睡，但德魯還是能找到方法。舉例來說，足球比賽時，他會說他要當守門員，接著爬上球門睡在網子上。要是有同學射門得分，歡呼太大聲把他吵醒，他就會發出呻吟聲表達不滿。

愛流口水的德魯

因為德魯每堂課都在睡，所以成績總是吊車尾。
每次上課睡覺，他的口水都會流滿整張書桌。

呼嚕嚕呼嚕嚕
滴答！
呼嚕嚕呼嚕嚕
滴答！
呼嚕嚕呼嚕嚕
滴答！

口水就像小河一樣慢慢流淌，滴到地板上，形成一片大大的口水灘；要是連上兩節可怕的歷史課，他就會流更多口水，變成口水池。

沒有人知道德魯的口水裡有什麼成分。他的口水是透明的，看起來和普通的水沒兩樣，只是質地很像膠水，又稠又黏。

有一次，德魯又在課堂上睡得不省人事，歷史老師派斯特小姐立刻跑到他旁邊大吼，結果不小心踩到口水滑了一跤。

髒兮兮
糟糕壞小孩

可憐的
派斯特小姐就這樣
啾地衝過教室，
飛出窗外。
「啊啊啊啊啊！」

　　她頭上腳下地栽進附近的灌木叢裡，臉被厚厚的毛料格紋裙蓋住，露出底下有褶邊的大襯褲，在風中不停飄動。

　　故事正式開始。那天剛好是校外教學，

愛流口水的德魯

要去參觀 **自然史博物館**。自然史博物館是個奇妙又不可思議的地方，裡面收藏了各式各樣的稀世珍寶，從月球岩石到恐龍骨骼都有，甚至還展出一隻真實大小的藍鯨模型呢！

德魯的班級在博物館門口停下腳步，負責指導校外教學的理科老師諾賓先生把恐怖的學習單發給大家。「聽好了，孩子們。我要你們把今天在博物館裡看到的展示品全都寫在學習單上！」

「一定要嗎？」德魯一邊忍住呵欠，一邊發牢騷，腳邊還積了一灘口水。他已經對著諾賓先生打了一個小時的瞌睡，覺得好累，好想上床睡覺。

「對，德魯，一定要！參觀的時候你最好保持清醒！」諾賓先生對他大吼，接著轉向全班同學。「大家聽好，寫下最多展示品的人就能拿到全班第一名，所以你們要認真看，仔細聽。好了，快走吧！」

他們走進博物館木造的大門，大廳裡展示著巨大的梁龍骨架，每個孩子都看得目瞪口呆，驚嘆連連，但德魯只是打了一個大呵欠。

髒兮兮
糟糕壞小孩

他擅自脫隊，離開老師和同學，想找個安靜的地方睡覺。他發現裝著**渡渡鳥**—— 好幾百年前就絕種的鳥 ——模型的一座玻璃展示櫃，覺得睡在上面一定不會有人吵他。

於是
他把**長頸鹿**標本當
成梯子爬　　上去。

德魯躺下來閉上眼睛，
一直睡，一直睡，一直睡，

口水也一直**流**，
　　　　一直**流**，
　　　　　　一直**流**。

愛流口水的德魯

德魯不管到哪都能睡。在搖滾演唱會中站著睡；倒吊在樹上睡；甚至玩雲霄飛車，旁邊的人都在尖叫也能睡。

這一天，德魯睡了好久，睡到晚上 自然史博物館 都關門了，他還沒醒。館內的燈光一盞一盞熄滅，德魯還躺在展示櫃上頭呼呼大睡，完全沒有人發現。

整個晚上，他就沉浸在睡夢中，邊睡邊流口水。

髒兮兮
糟糕壞小孩

呼嚕嚕呼嚕嚕

滴答！

呼嚕嚕呼嚕嚕

滴答！

呼嚕嚕呼嚕嚕

滴答！

　　德魯的口水一直流，一直流，流個不停。底下的口水灘逐漸蔓延，變成口水池，過沒多久又變成口水湖。清晨破曉時分，整座 自然史博物館 都被德魯的口水海淹沒了！

愛流口水的德魯

身材魁梧的警衛溫斯頓每天一大早就來博物館準備開館，這天也不例外。只是有什麼地方不太尋常，他注意到的第一件事，就是有透明的液體從門縫裡滲出來。

「真奇怪，可能是哪個**笨蛋**老教授忘了關水龍頭吧。」他不自覺說出內心所想。

溫斯頓用鞋尖碰碰未知的液體，發現不可能是管線漏水，因為那些液體又**稠**又**黏**，絕對不是水。

他擔心博物館可能已經被這些奇怪的液體淹沒，於是用**閃電**般的速度推開木造大門。

他完全沒料到接下來居然……

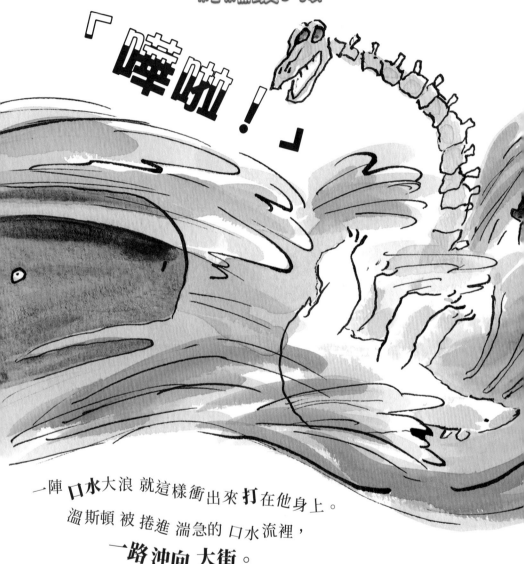

一陣 **口水**大浪 就這樣衝出來 **打** 在他身上。

溫斯頓 被 捲進 湍急的 口水流裡，

一路 沖向 大街。

「**啊啊啊！**」
高壯的他像小嬰兒一樣放聲尖叫。

　　緊接著溫斯頓後面的，還有一些博物館的大型展示品漂浮在水上，有北極熊標本、真實大小的藍鯨模型，就連梁龍骨架都被沖出來了。

髒兮兮糟糕壞小孩

他們全都在奔騰的口水河裡載浮載沉，流過倫敦街道。

德魯還躺在裝有渡渡鳥模型的玻璃展示櫃頂，睡了好久的他最後終於在騷亂中醒來。他漂過大街，口水流經的地方全都摧毀殆盡。

汽車、卡車甚至公車都被唾沫捲起，在這股猛烈的口水洪流中翻來覆去。

愛流口水的德魯

德魯漂到一棟建築物附近，連忙從展示櫃跳到屋頂上。

他在安全的地方看著愈來愈多博
物館展示品漂過眼前。

大象模型。

超大的鳥蛋，

大猩猩標本，

德魯把手伸進制服外套口袋，拿出諾賓老師一開始發的
校外教學學習單，記錄他看到的東西。

髒兮兮
糟糕壞小孩

所有博物館展示品一個接一個漂過去，
德魯全都寫下來了。

火星岩石、
尼安德塔人的頭骨、
查爾斯．達爾文的大理石雕像、
深海大烏賊、
禿鷹標本、
地震儀、
暴龍模型⋯⋯
他一直寫，一直寫，沒完沒了。
泡在罐子裡的海馬、
火山模型、
腔棘魚化石、
太空裝、
長頸鹿標本、
抓著購物籃的老太太⋯⋯
等等，不對，老太太是真人，
還有猛瑪象模型⋯⋯

愛流口水的德魯

值得讚許的是，德魯花了好幾個小時認真寫下自己看到的一切。誇張的口水河流就這樣把所有珍貴的博物館展示品沖進海裡。

第二天，德魯得意洋洋地把學習單交給諾賓先生。除了上頭有**幾滴口水**外，他的成果堪稱完美。諾賓先生看完全班的作業後，大聲宣布成績。

「第一名百分之百，毫無疑問，就是德魯！」

這是德魯有生以來第一次拿到全班第一。

不過他很快就被**退學了**！

德魯毀了自然史博物館所有展示品，做為懲罰，他必須到館內工作。

髒兮兮
糟糕壞小孩

他的任務是把從海底找回來的巨大梁龍骨架重新拼好，沒拼好不能休息。

接下來**十年，**

德魯

完全沒**睡**。

這個故事
也太扯了吧！

愛哭的柏莎

　　柏莎是個愛哭鬼。她會哽咽啜泣、嚎啕大哭或放聲痛哭。這個小女孩才八歲,卻有七年都在**哭**。任何人事物都會觸發她的淚腺。

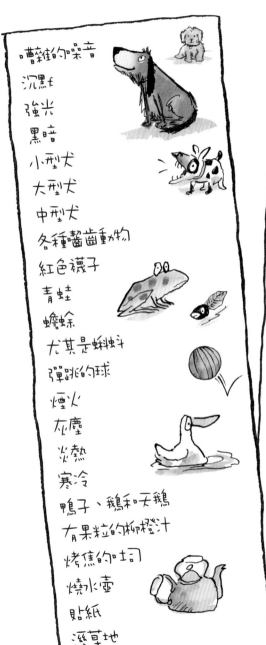

嘈雜的噪音
沉默
強光
黑暗
小型犬
大型犬
中型犬
各種齧齒動物
紅色襪子
青蛙
蟾蜍
尤其是蝌蚪
彈跳的球
煙火
灰塵
炎熱
寒冷
鴨子、鵝和天鵝
有果粒的柳橙汁
烤焦的吐司
燒水壺
貼紙
溼草地

公園長椅
有刺青的男人
飛得低的飛機
紫色
貓毛
下雨
水邊
泥巴
塑膠製品
聖誕拉炮
葡萄乾餅乾裡的葡萄乾
跳跳床城堡
各種味道，
好聞的香氣也不行
雲朵
鬍子
蔬菜
打嗝
一字眉
鼻毛
耳毛
戴帽子的人

髒兮兮
糟糕壞小孩

　　柏莎有個弟弟名叫威廉。從他出生那天起,柏莎就一直對他很壞,她很討厭分享爸爸媽媽的關愛。有一天,柏莎發現一個很棒的方法。她可以放聲大哭,把一切怪到弟弟威廉的頭上。她哭得愈凶,得到的關注就愈多。

　　就這樣,柏莎想出愈來愈多的惡毒計畫陷害威廉,讓大家以為他是個壞孩子。她最愛用的伎倆就是一個人關在房間裡**一直哭一直哭一直哭**,假裝弟弟欺負她。等到媽媽匆匆跑上樓看發生什麼事時,柏莎就會嚎啕大哭,語帶哽咽地說:「媽媽,是威廉啦!他捏我!**威廉捏我手臂,捏得好用力!**」

　　有時她會精心計劃讓謊言看起來更逼真,真的捏自己,然後讓媽媽看手臂上小小的、紅紅的地方。

「嗚哇嗚哇嗚哇嗚哇嗚哇嗚
柏莎放聲大哭。

愛哭的柏莎

媽媽立刻衝進隔壁房間質問威廉。通常小威廉都戴著耳塞靜靜玩耍或看書，他從出生後就一直在忍受姊姊的哭聲，於是便拿**棉花糖**當做耳塞，好讓自己能靜靜地做事。

「你為什麼要捏你親愛的姊姊？」媽媽會這樣質問。

「什麼？」威廉會這樣回答，他耳朵裡塞著棉花糖，聽不太清楚。

「還有，你的耳朵裡為什麼有棉花糖？」

威廉會把棉花糖拿出來，堅持說自己是無辜的。

「媽媽，我真的沒碰她，我一直待在房間裡看書呀！」威廉苦苦哀求。

「你每次都這麼說！罰你晚餐後不准吃**甜點**！」媽媽生氣地說。

「可是……」
「一個禮拜不准吃**甜點**！」
「可是……」
「哇──」「一個月不准吃甜點！」

髒ㄅㄅ
糟糕蛋小孩

最後威廉總會閉上嘴巴悶不吭聲。他很喜歡吃甜點，但沒有姊姊那麼喜歡。柏莎愛死甜點了，她甚至愛甜點勝過愛哭。

有一次，他們一起去當地的甜點店，柏莎居然想用威廉跟老闆交換一大塊巧克力軟糖蛋糕。雖然那塊蛋糕真的很**大**，但……

話說回來，要是威廉不能吃飯後甜點，柏莎就可以把他的份吃掉。**雙份甜點！**

愛哭的柏莎

她只要在床上滾來滾去、又哭又鬧，就能達成她的目的。

　　事情發生的那天，家裡只有柏莎和威廉兩個人。媽媽在花園裡照顧心愛的玫瑰花，爸爸則在修剪草坪。

　　看到爸爸媽媽都在屋外，柏莎腦海中閃過一個邪惡的計畫。大概是她目前為止想出最惡毒的陰謀，有如呼吸般簡單，非常聰明絕頂。計畫是這樣：她打算拔掉自己的一束頭髮，再哭到整棟房子都聽得見，爸爸媽媽跑進屋後一定會指責可憐的威廉，拔頭髮也會變成威廉出生以來最可怕的犯行，比**捏**她、**戳**她、**打**她、**咬**她、讓她**手麻腳麻**還要過分。他一定會立刻被送去孤兒院，這樣柏莎接下來的人生每天晚上都能享受雙份甜點，說不定還能吃**三份**呢！

　　太棒了。

　　　　甜點，
　　　　　甜點，
　　　　　　好多甜點！

　　　　　　壞心的柏莎踮起腳尖，偷偷摸摸走到威廉房間，想看看他在不在。

果然，威廉就像平常一樣戴著棉花糖耳塞，安靜地坐在那裡寫功課。

　　柏莎悄悄溜回自己的房間。她看著鏡中的自己，準備執行計畫中的第一步：伸手到頭上抓起一束頭髮，然後閉上雙眼，使勁全力地扯下來。劇烈的疼痛讓她忍不住哇哇大哭，連裝都不用裝。

愛哭的柏莎

柏莎看看手中的髮絲，又看看頭上那塊她自己造成的光禿禿的地方，大小和**乒乓球**差不多。她把耳朵貼在房間牆上仔細聆聽，想知道爸爸媽媽要來了沒。奇怪的是，他們沒有趕來。

於是柏莎又拔了一束頭髮。

「嗚哇哇哇哇哇哇哇哇哇哇

「嗚和和和和和和和和和和和和和和

這一次，她扯下的一髮量更多了。

現在又有一塊地方變禿了，面積大概有網球那麼大。

還是**沒有人**跑進來。

所以柏莎再拔一次。

「嗚哇哇哇哇哇！」

又一次。

「嗚哇哇哇哇哇！」

再一次。

「嗚哇哇哇哇哇哇
哇哇哇哇哇哇哇哇哇哇哇
哇哇哇哇哇哇哇哇哇哇哇
哇哇哇哇哇哇哇哇

愛哭的柏莎

哇哇哇哇哇哇哇哇哇
哇哇哇哇哇哇哇哇哇
哇哇哇哇哇哇哇哇哇
哇哇哇哇哇哇
哇哇哇哇哇哇哇哇
哇哇哇哇哇哇哇
哇哇哇哇哇哇哇
哇哇哇哇哇哇哇哇
哇哇哇哇哇哇
哇哇哇哇哇哇哇
哇哇哇！」

拔頭髮實在是太痛了，柏莎哭到眼睛刺痛，都腫了起來，幾乎看不到自己在做什麼。

但**她**還是

拚命扯下

她的**頭髮**，

一遍又一遍，

愈扯愈多。

最後，柏莎擦擦臉上的淚水，看著鏡中的自己。她現在變成一個大光頭，只剩一根髮絲孤零零地在頭頂。

就在這個時候，她聽見有聲音，連忙轉頭看向房間門口，只見爸爸、媽媽和弟弟全都在門縫後面注視著

她。她大驚失色，呆呆地看著他們好一陣子，他們也目不轉睛地回望著她。

這下她要怎麼解釋？

柏莎不曉得該怎麼辦才好，只能使出最常用的招數。她皺起臉，開始放聲大哭。

「嗚哇哇哇哇！」　　這招永遠不會失敗。
　　　　　　　　　　　「嗚哇哇哇哇哇哇哇！」
　　　　　　　　　　　　　　　　只是這次不一樣。

　　「妳到底在哭什麼啊？」爸爸用嚴厲的語氣問道。

　　「因為……爸爸、媽媽，都是我那壞弟弟，他把我的頭髮**全部**拔掉了！」柏莎一邊誇張地啜泣，一邊哽咽回答。

　　威廉看著壞心的姊姊，嘴角忍不住揚起一抹冷笑，她的詭計終於被**當場逮**到了！

　　「才沒有呢，妳頭上明明就還站著一根頭髮！」他糾正說道。

　　柏莎仔細照照鏡子，覺得只有一根頭髮看起來好奇怪，於是便掐住那根髮絲用力一拔。

「嗚哇哇哇哇哇哇哇哇哇！」

　　「那樣根本不會痛，」威廉反駁。

「只是一小根頭髮而已。」

　　柏莎開始著急了。

　　「可……可是你把我其他頭髮都拔掉了，

威廉，你這個**可惡的壞蛋**！」

愛哭的柏莎

「小姐，我們站在門口看妳看了好幾分鐘了。」媽媽說。

「我們什麼都看到了。」爸爸補上一句。

威廉那張原本就很得意的臉現在又多了一道超得意的笑容。

「可……可是……」柏莎想說點什麼。

「之前那些事想必都是妳自導自演！」

媽媽生氣地指責。

「可……可……可是……」

「不准吃飯後**甜點**，小姐……」爸爸說。

柏莎想了一會，沒有提出抗議。只是少了一頓飯後甜點，這個處罰好像沒那麼糟，反正她床底下還藏了一些巧克力。柏莎自得意滿地瞄了威廉一眼。可是，媽媽接下來的話，就像職業拳擊手狠狠揮拳一樣，給柏莎致命一擊。

「……永遠不准！」

柏莎愣在原地動彈不得，沒有甜點比沒有頭髮還慘。永遠不能吃甜點！可是她好愛甜點，如果可以，她願意每餐都吃甜點，甜點，**一大堆甜點**。要是少了這些甜點：

蛋糕

蛋白霜奶油夾心

冰淇淋

海綿蛋糕

英式蛋塔

法式小點心

伊頓雜糕
（Eton mess）

糖漿鬆糕

愛哭的柏莎

蘋果酥皮卡士達派

果凍

濃稠香甜的太妃糖
布丁蛋糕

果乾布丁

杯子蛋糕

巧克力慕斯

果醬蛋糕捲

白蘭地薄脆捲心餅

草莓布丁蛋糕杯

該怎麼活？要是能一口氣全部吃掉更好。

1　英國傳統甜點，用新鮮水果、果醬、蛋白霜酥餅和鮮奶油所組成的。

髒兮兮
糟糕壞小孩

「媽媽，妳是認真的嗎？」柏莎不斷懇求。「不會吧。
永遠不准吃甜點？」

「**永遠**的**永遠**的**永遠**。」媽媽氣炸了。柏莎居然
騙了她這麼久。

從此以後，柏莎每天晚上都只能眼巴巴看著餐桌對面
的威廉，看他吃掉盤中最後一口美味的甜點。不只是他自己
的，還有原本屬於柏莎的份。

雙份甜點！

媽媽嚴厲地對待威廉這麼多年，為了彌補他，
幾乎每次都會把自己的飯後甜點給他吃。

三份甜點！

四份甜點！

就連爸爸也很常把他的
甜點讓給威廉吃。

愛哭的柏莎

柏莎就這樣日復一日、夜復一夜地看著弟弟吃掉她最愛的甜點，自己卻連一小片碎屑都嚐不到。對她來說真是天大的折磨。

英式杏仁塔、
冰淇淋蛋糕捲、
伊頓雜糕；
威廉都會吃得盤底朝天，
舔得一乾二淨！

更糟糕的是，威廉在大快朵頤的同時不忘在桌底下偷捏他姊姊的腿。

「嗚哇哇哇哇哇哇哇哇哇哇哇哇哇！」

「他捏我！」柏莎哭著說。

沒有人相信她。

愛哭鬼柏莎

再怎麼哇哇大哭

都沒有用處了。

我的耳朵好痛！

頭蝨多多的
奈吉爾

頭蝨會讓人覺得很癢、
很不舒服、很想抓，
真的很討厭。

可是奈吉爾不這麼想，他覺得頭蝨愈多愈好，希望頭髮裡爬滿頭蝨。

故事發生的那天早上，奈吉爾起床發現有一隻**頭蝨**住在他的頭髮裡。大部分的人遇上這種事都會嚇一跳、覺得很噁心，立刻把頭蝨趕走。

頭蝨多多的奈吉爾

奈吉爾卻沒這麼做，他高興得要命。

奈吉爾把這隻頭蝨取名叫韓德森先生。他沒有養過小狗、小貓或小倉鼠，於是便把頭蝨當成寵物照顧，從來不梳頭髮，因為頭蝨討厭梳子。很快，奈吉爾的頭髮就變得亂七八糟、捲捲地糾成一團，就像蓬蓬的樹叢一樣，一個專為頭蝨 打造的天堂。

養頭蝨前　　　養頭蝨後

奈吉爾餵韓德森先生吃頭皮屑，頭蝨最愛吃頭皮屑了。希望有一天能訓練牠表演一些小花招，像是從他的頭左邊跳到右邊之類。

髒兮兮
糟糕壞小孩

過沒多久，奈吉爾就聽說學校有一個名叫田蒂娜的學生也長了頭蝨，這個世界上他最想要的就是蒂娜的頭蝨。他要**更多、更多，愈多愈好！**下課時間奈吉爾就一直繞著操場跑，緊追著蒂娜不放。

「你到底要幹嘛？」蒂娜淚眼汪汪地大喊。「我不想玩！」

「我要妳的頭蝨！」奈吉爾回答。

「我的頭蝨？你這個瘋子！」蒂娜吼回去。

「沒錯，我為頭蝨瘋狂！」奈吉爾說。

他跳上滑板，飛也似地衝向蒂娜。

咚！
他們兩人的頭 用力撞在一起，蒂娜的頭蝨 立刻爬到 奈吉爾頭上。

頭蝨多多的奈吉爾

雖然這一撞讓奈吉爾腦袋昏沉、有點恍惚，
但他還是很高興，因為韓德森先生現在有伴了。
　　第二天，奈吉爾又聽到學校裡有個名叫孔
柯林的男生長頭蝨。他好想得到那些頭蝨，於是
便追著柯林跑過走廊，把他逼到洗手間角落。
柯林嚇得全身發抖，急忙躲進其中一間廁所鎖上門，
但奈吉爾不肯罷休。他走進隔壁的廁所爬上去，
從天花板倒掛下來，兩人的頭就這樣撞在一起。

柯林的
頭蝨

馬上跳到 奈吉爾頭上。

咚！

　　就連校貓「敏奇」也逃不過奈吉爾的手掌心。奈吉爾
聽說敏奇身上也有蝨子，一路追著牠穿越足
球場。一抓到可憐的敏奇，他就用透明
膠帶把牠黏在頭上，看起來就像一頂
假到不能再假的假髮。

　　敏奇身上的蝨子 就這樣
　　一隻接著一隻
　　　　跳到奈吉爾頭上。

髒兮兮糟糕壞小孩

很快的，奈吉爾就養了好多好多頭蝨，多到甚至連他的頭蝨自己都有頭蝨。他養到**一百萬又零三隻**時的時候，就停止數有多少隻了。

＊　　＊　　＊

你可能會覺得奇怪，為什麼奈吉爾想在頭上養滿蝨子？請容我解釋一下。奈吉爾從小就很喜歡看漫畫，總是花很多時間沉浸在漫畫的世界裡。他的身高比同齡的孩子矮，如果不把那頭蓬蓬的亂髮算進去的話，所以他想變成像漫畫人物一樣強壯又有力量。可是他的成長過程很正常，他不是來自什麼**維京星球，**

沒有掉進過**蝙蝠洞**或被遭放射線感染的**蜘蛛**咬傷，他沒有這樣的運氣。

再說，他覺得超級英雄有點無聊，老是當好人做好事，超級惡棍的生活刺激多了。因此，頑皮的奈吉爾很早就想出了一個計畫。

　　有天早上，他在浴室裡刷牙，看著鏡中的自己。他的頭髮已經沒那麼像樹叢了，比較像樹籬。奈吉爾想不起來上次剪頭髮或梳頭髮是什麼時候。

　　數以萬計的頭蝨於那堆宛若樹籬的髮絲中嗡嗡地爬進爬出，在他周圍形成一片陰鬱烏黑的雲霧。

　　「這一刻終於來了。我的頭蝨超能力已經準備就緒。從今天起，全世界都要叫我

頭蝨男！」

　　更棒的是，這個稱號還沒有人用。

　　現在奈吉爾有了頭蝨，還剩下服裝。幸好，他的派特阿姨是縫紉高手，兩三下就替他做好了一套超級惡棍裝。

奈吉爾的穿著：

用媽媽的裙子
做成的披風

派特阿姨縫的
「頭蝨男」標誌

爸爸的舊內褲

奶奶的緊身褲襪

長筒雨靴。

奈吉爾有了超能力，

有了新的名字，

有了搭配的服裝。

他是頭蝨男！

超級惡棍的生活就此展開。

頭蝨多多的奈吉爾

　　隔天早上，奈吉爾邁開大步走進學校，披風在風中不斷**飄**動。他暗自決定，第一個要復仇的對象就是地理老師莊翰先生。奈吉爾覺得地理課很無聊，所以上課經常偷看漫畫，莊翰老師罰他放學後留校察看，罰了一遍又一遍。現在，**頭蝨男**來到教室門口，開始，其他孩子紛紛爆出大笑，不停嘲弄他。奈吉爾穿著這身服裝，頂著一頭亂髮，還自稱是超級惡棍，看起來真的很滑稽。　**「哈哈哈哈哈！」**

　　不過，頭蝨男一發號施令，大家的笑聲立刻肅然噤聲。

　　「頭蝨！集合！」

　　成千上萬隻頭蝨飛快地竄出髮絲，在他頭頂咻咻咻地盤旋，捲起一陣黑色風暴。

　　「奈吉爾，你到底在做什麼？」莊翰老師厲聲喝斥。

「頭蝨！攻擊！」 奈吉爾放聲大叫。

髒兮兮
糟糕壞小孩

頭蝨大軍隨即湧向莊翰老師，用小小的爪子抓咬他的身體。

「啊啊啊！」莊翰老師一邊尖叫，一邊衝出教室。

所有學生都跑到窗戶旁貼著玻璃，看著老師。

莊翰老師拚命抵擋頭蝨的攻擊。他跳來跳去、東轉西轉，快速跑過操場，還不停舉起雙手亂揮、拍打自己的臉頰，直奔學校的池塘，接著縱身一躍

濺起好大的水花 嘩啦！

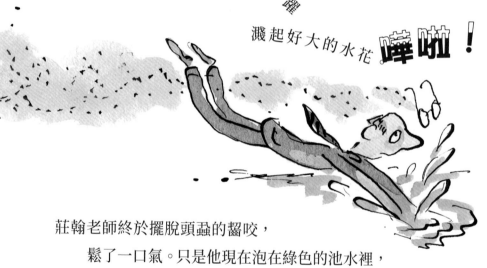

莊翰老師終於擺脫頭蝨的齧咬，

鬆了一口氣。只是他現在泡在綠色的池水裡，

頭上還坐著一隻肥嘟嘟的大青蛙。

頭蝨男的嘴角揚起一抹微笑，這下好玩了。

頭蝨多多的奈吉爾

他走過操場，前往學校餐廳。餐廳阿姨卓普太太是個很可怕又很難纏的女人。她的招牌料理是水煮花椰菜，不管你拿什麼，就算是果醬布丁捲和蛋奶醬，她都會在上面淋一大匙水水的綠色花椰菜泥，然後昂首闊步地在餐桌間走來走去，像甩儀隊指揮棒一樣不斷旋轉她的長柄勺，要是有人沒把花椰菜吃乾淨，她就會拿勺子敲他們的關節。

奈吉爾非常討厭花椰菜。若說超人最大的恐懼是氪星石，那頭蝨男最怕的就是花椰菜。現在，他要去教訓那個老是逼他吞下一大堆花椰菜的女人

「奈吉爾……」卓普太太在奈吉爾大步踏進餐廳時嘲笑地哼了一聲。「你怎麼把內褲穿在外面啊？**哈哈哈哈哈！**」

頭蝨男一聲令下，卓普太太臉上的笑容立刻消逝無蹤。

**「頭蝨！
衝向花椰菜！」**

髒兮兮
糟糕壞小孩

「不准你那些該死的頭蝨毀
掉我美味的花椰菜！」卓普太太尖聲抗議。

來不及了。一轉眼，頭蝨大軍集結起來變成
一股**龍捲風**。卓普太太張大嘴巴，呆愣在原
地，眼睜睜看著頭蝨旋風疾速旋轉，逼近托盤中
寶貝的花椰菜，接著捲起溼潤軟爛的蔬菜，
用力丟向卓普太太。

啪！

啪！

啪！

溼溼的花椰菜就這樣不斷
打在卓普太太臉上，直到她全身上下
都沾滿又綠又水的菜泥為止。

頭蝨多多的奈吉爾

現在頭蝨男準備對付老校長索查先生。奈吉爾因為在課堂上看漫畫被罰留校察看，第十次留校察看後，索查先生決定將他停學，叫他暫時不要來學校上課。索查校長是個身材矮小、性格膽怯的人，頭蝨男覺得自己一定能讓他嚇得屁滾尿流。他來到操場，站在校長室窗戶下方，接著閉上眼睛，集中精神。

「頭蝨！變形！」他大聲命令。

小頭蝨慢慢聚集起來，匯集成一隻超大頭蝨的外型。牠們能讀懂主人的心思，感應他的想法。奈吉爾緊閉雙眼，臉因為聚精會神而緊繃。那坨巨大的頭蝨黑影疾速飛到校長室窗戶前，伸出大爪子敲敲玻璃。

叩！

叩！

叩！

索查校長轉動旋轉椅，回頭一看，立刻放聲尖叫。

「不不不不不不不不不不不不！

大頭蝨用頭猛烈撞擊窗戶。**砰**！玻璃**碎**了一地。

「救命啊！」！校長衝出辦公室，跑到操場，發現有個帶輪子的垃圾桶。

這個矮小的老人推著垃圾桶飛快狂奔，不時回頭查看那隻緊追在後的超大頭蝨。他使盡全力拚命推，接著跳進垃圾桶，用閃電般的速度逃離現場。

頭蝨男睜開眼睛，開心地看著校長坐在垃圾桶裡滑過操場。

撞上一堵矮牆……

砰！

蹦！

　　索查校長從垃圾桶裡彈出來，
越過半空中，飛向一棵大樹幹。
　　奈吉爾好得意，
大步踏出學校大門，
頭蝨也成群結隊地湧動，
回到主人頭上。

超級惡棍的要做的超級惡事還多著呢！

髒兮兮
糟糕壞小孩

　　過沒多久，頭蝨男就來到市集廣場。廣場上擠滿了想撿便宜的人，奈吉爾命令頭蝨，在天上排出一個很粗俗的詞。

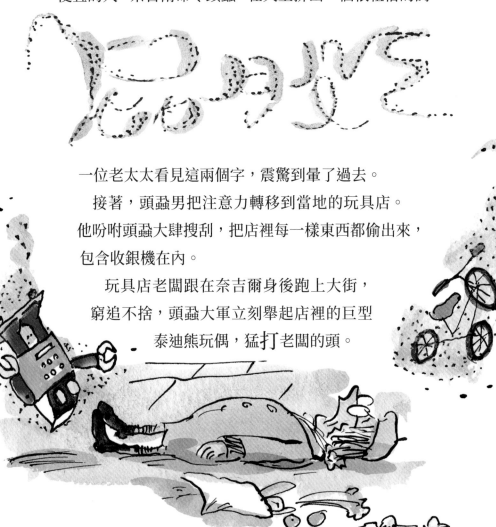

　　一位老太太看見這兩個字，震驚到暈了過去。
　　接著，頭蝨男把注意力轉移到當地的玩具店。他吩咐頭蝨大肆搜刮，把店裡每一樣東西都偷出來，包含收銀機在內。
　　玩具店老闆跟在奈吉爾身後跑上大街，窮追不捨，頭蝨大軍立刻舉起店裡的巨型泰迪熊玩偶，猛打老闆的頭。

還沒完呢。

破壞接連不斷，

整座**城鎮**陷入一片 *混亂*。

就在這個時候，一陣警笛聲響起，警車閃著刺眼的燈光抵達現場。警察是來遏阻奈吉爾繼續搗亂的。但是頭蝨男命令頭蝨攻擊警車，一大群頭蝨立刻向前飛撲，爬滿整片擋風玻璃。玻璃上覆蓋了一層厚厚的頭蝨，警察完全看不到路，直直撞破眼鏡行的落地窗。

任何人事物都阻止不了頭蝨男。奈吉爾覺得自己所向無敵，這個世界很快就會跪倒在他腳下。

眼鏡行

現在你能看清方向！

框啷！

頭蝨男萬歲！

頭蝨多多的奈吉爾

那天晚上，奈吉爾穿著睡衣躺在床上，超級惡棍也是要睡覺的。他沉沉入睡，幻想著明天的邪惡計畫。

然而與此同時，一群鎮民站在窗外的大街上不斷叫囂。他們手裡拿的武器不是傳統暴民會用的火把和乾草叉，而是一支又一支的梳子。他們打算奪走頭蝨男的超能力。要達成這個目的，只有一個方法。

「**梳他的頭髮！**
梳他的頭髮！」

他們反覆唸誦著。

髒兮兮
糟糕蟲小孩

民眾的怒火愈來愈旺，鼓譟聲也愈來愈**響亮**。

奈吉爾從床上跳起來，從窗戶往外窺探。只見有愈來愈多人從屋子裡跑出來，加入那些人群。

奈吉爾的房間裡刮起一陣頭蝨旋風，他瞬間換裝，變成⋯⋯**頭蝨男！**

他踏出屋外，腳踩長筒雨靴，披風在風中不斷飄蕩──其實是他媽媽的舊裙子──他一步步走向暴民。頭蝨男準備好征服世界了。

一開始他有好幾百萬隻頭蝨，隨著時間過去，頭蝨數量不斷翻倍，變成好幾十億、甚至好幾兆隻[2]。

2　因為頭蝨會跑來跑去，所以很難給出確切的數字，要數出到底有幾隻根本不可能。

頭蝨多多的奈吉爾

頭蝨大軍繞著奈吉爾的頭嗡嗡飛行，遮住夜空中的點點繁星。

「**他在那裡！**」有人大叫。

「**是頭蝨男！**」「**快抓住他！**」

暴民揮舞著梳子蜂擁而上。那個在市集廣場昏倒的老太太舉著一瓶名叫「**頭蝨剋星**」的抗頭蝨洗髮精，瓶身的標籤寫著：

> 頭蝨不共戴天的敵人！
> 這瓶味道難聞又帶有劇毒
> 的洗髮精能消滅所有已知
> 的蝨子，保證可以徹底
> 殺死頭蝨，讓牠們死透、
> 死絕、**死翹翹！**

老太太再也克制不住內心的憤怒，將那瓶洗髮精用力丟向奈吉爾。瓶子從奈吉爾蓬蓬的頭髮上彈出去，打中老太太的頭，讓她重重昏倒在地。

奈吉爾堅守陣勢，拒絕讓步。他再次發號施令：

「頭蝨！把我舉起來！」

頭蝨大軍立刻往下俯衝，在主人腳邊形成一塊懸浮滑板，輕輕鬆鬆就把奈吉爾抬離地面。

群眾驚訝地倒抽一口氣，這個超級惡棍真的會飛！

奈吉爾飛向漆黑的夜空，還表演了幾個了不起的繞圈特技，在暴民上方不斷盤旋。

「馬上回家，不然就讓你們見識一下頭蝨男的厲害！」

頭蝨多多的奈吉爾

在暴民上方不斷盤旋

　　鎮民開始交頭接耳、低聲抱怨，聽起來非常沮喪。他們很清楚自己敵不過頭蝨男，可是大家都站在原地，沒人移動半步。

「**解散！**」　奈吉爾大聲命令群眾。

　　但是頭蝨大軍以為奈吉爾在跟牠們說話。

　　事實上，頭蝨的確不太聰明，據我所知，

目前還沒有頭蝨會進行腦部手術或是研究火箭科學。

所以，頭蝨大軍就……

解散了……

韓德森先生率先聽命，其他頭蝨
也嗡嗡四散，各自飛往不同的方向，消失在天際。

頭蝨男望著下方的
人群。

他嚇得倒吸一口氣，因為他開始急速墜落，

他從天上直直往下掉，

雙手拚命亂揮。

「救命啊！」

髒兮兮
糟糕壞小孩

群眾立刻散開，奈吉爾頭先著地，撞上人行道。幸好他的頭髮夠厚夠多，救了他一命，而且完全沒受傷。

「抓住他！」

有人大叫。

奈吉爾被強行
拖到當地的理髮廳，
用「頭蝨剋星」洗了頭，
後面和兩鬢的頭髮也都剪短，
修成適當的長度。

78

頭蝨多多的奈吉爾

奈吉爾頭髮裡殘存的頭蝨和蝨卵全被梳子梳掉了，大家要求他在所有鎮民面前做出承諾。

「我鄭重發誓，
　　　這輩子絕對不會
再當頭蝨男。」

你可能會覺得很訝異，雖然奈吉爾是糟糕壞小孩之一，但他說到做到，確實遵守約定。從此再也沒人見過頭蝨男了。

漏滴滴
糟糕壞小孩

不過，那之後不久奈吉爾又創造出另外一個超級惡棍。

從現在起，他的名字叫…… **毒疣男！**[3]

這名超級惡棍拒絕穿上乳膠防水襪，光著腳在泳池畔走來走去，結果掀起一波足底疣大流行，疫情蔓延全球。

最棒的是，奈吉爾可以重複使用那件用媽媽舊裙子做成的披風。

長疣可不是開玩笑的！

***

3 幸好，一樣是沒有人用過的稱號。

動個不停的
佩圖拉

　　這是一個靜不下來的女孩的故事。佩圖拉無時無刻都不動，動個不停。

　　無論在教堂、上課或是玩「音樂木頭人」，她身上總會有地方在動，可能是她的腳、她的手臂，也可能是整個身體。

動個不停的佩圖拉

一開始是微微扭動，

再來小小**搖擺**，

最後變成

左右搖晃，

輕輕

上下跳躍。

接著佩圖拉會側手翻，一路翻過整個房間，只要是她經過的地方都會陷入混亂。

佩圖拉就連睡覺也在動。她讀的是一間名叫 端莊學院 的一流寄宿學校，有時候其他女孩會在寂靜的深夜裡聽見怪聲。她們躲在棉被底下偷看，只見佩圖拉閉著眼睛，踩著芭蕾舞步從宿舍寢室這一邊跳到另外一邊。

有一天，地位顯赫的女校長宣布要舉辦一場非常特別的校外教學， 端莊學院 裡所有女學生都要參加。

髒兮兮
糟糕壞小孩

「女孩們！安靜！」普麗格校長站在臺上對集合起來的女學生大喊。她的銀灰色頭髮盤成蓬鬆的法式髮髻，脖子上掛著一副配有金鍊的半月形眼鏡。每當她打算責罵別人 —— 她常常這樣 —— 她就會戴上眼鏡，這樣她才能牢牢盯著她的受害者，讓對方緊張兮兮。

「好了，女孩們，這次的校外教學的地點是我 —— 也就是妳們敬愛的校長親自挑選出來的 —— 我們要去我最喜歡的**陶瓷博物館**。不用說也知道，我希望妳們舉止得宜，表現出最好的一面。我不想看到任何意外。」

動個不停的佩圖拉

大家的目光瞬間落在**佩圖拉**身上。

噢不！那些坐在前排的好女孩心想。

好耶！那些坐在後排的壞女孩心想。

更糟糕 —— 或更棒，要看妳是好女孩還是壞女孩 ——
的是，佩圖拉此時就像**彈力球**般在座位上跳來跳去。

咚！

咚！ 咚！

「陶瓷是我個人長年以來的愛好，」普麗格校長繼續說。她很喜歡發表長篇大論。「現在，我 —— 也就是妳們敬愛的校長要和妳們分享自己的熱情。這座博物館是歐洲最好的陶瓷博物館，每件展品都是古董，也是無價之寶，所以千萬別發生任何『意外』。聽清楚了嗎？」

底下的學生有氣無力地低語。

「我說，聽清楚了嗎？！」
普麗格校長怒吼。

「是的，校長。」女孩們齊聲回答。

「很好！佩圖拉，立刻到校長室來見我。」

佩圖拉臉頰發燙，和開消防車的番茄一樣紅。她又做錯什麼了？

該不會是她不小心旋轉著往後退，進入科學大樓那件事吧？是啦，那天的實驗出了嚴重的差錯。是，現在大樓地板上還有一個被酸性物質腐蝕出來的大洞，但佩圖拉發誓，那純粹是場意外。

對啦，運動會那天，她的三級跳遠變成八級跳遠 —— 包含八種不同形式的跳躍 —— 最後還朝市長一記

動個不停的佩圖拉

空手道 前踢，讓他 滾下 頒獎臺。

但佩圖拉依舊堅稱那是意外。

當然啦，沒有人會忘記學院聖誕頌歌音樂會那天，佩圖拉不但無法靜靜站在教堂裡，反而還在走道上翻了好幾個筋斗，害教區牧師飛過空中，一頭撞上唱詩班。

可是這些都是意外，
佩圖拉靜不下來不是她的錯。

她媽媽寫的字條可以證明。

敬啟者：
　我親愛的女兒佩圖拉沒辦法靜下來超過一秒。
這不是她的錯，如果她損壞物品、建築，
或是對人和動物造成危害，請不要處罰她。
請好好照顧我親愛的女兒。

　　佩圖拉的媽媽敬上

佩圖拉不安地敲敲校長室的門。

叩！叩！叩！

「　　進來！」普麗格校長在裡面厲聲大喊。

動個不停的佩圖拉

叩！**叩！**叩！**叩！**叩！

佩圖拉的手敲個不停。

「我說**進來！**」校長室裡傳來憤怒的嗓音。

佩圖拉還是沒辦法控制她的手。

叩！**叩！** 叩！**叩！叩！**叩！**叩！**叩！

「哦，我的天哪！」普麗格校長大吼。

叩！**叩！**叩！

她猛地開門，佩圖拉的手就這樣 **咚！**

地敲在校長鼻子上。

「哎喲！」

「對不起，普麗格校長。」

佩圖拉的嘴角泛起調皮的微笑，

覺得看到校長生氣很好玩。

「馬上進來，

不要再敲了！」

校長用命令的語氣說。

佩圖拉**前滾翻**進入一塵不染的校長室。事實上，有個老清潔工正在裡面忙著替桌上的學院獎盃拋光打蠟。

「妳——出去！」普麗格校長對清潔工說，她對那些她認為比她低等的人都很不客氣。

清潔工立刻拿起抹布和清潔用品，拖著腳慢慢走向門口。

「動作快！」普麗格校長再度大喊。可憐的老清潔工只得加快腳步，消失在門外。
「佩圖拉，拿張椅子坐下。」普麗格校長說。

佩圖拉聽她的話拿了一張椅子，抓著它繞著校長室**跳舞**。
「我叫妳坐下！」普麗格校長氣呼呼地說。
佩圖拉又揮又轉，把椅子放下來，慢慢坐上去。

動個不停的佩圖拉

她屁股一碰到椅子，心裡就湧起
一股強烈的衝動想坐著它跳上跳下，
所以她就做了。

「不要亂動！」普麗格校長說。
可是佩圖拉靜不下來 椅子隨著她的
彈跳發出嘎吱嘎吱的聲音。

跳！ 嘎吱！
跳！ 嘎吱！
跳！ 嘎吱！

「好了，不用說也知道，我希望
妳在校外教學期間能舉止得宜，
表現出最好的一面。」
「當然，普麗格校長，我一定會
乖乖的。」

跳！ 嘎吱！
跳！ 嘎吱！

跳！ 嘎吱！

髒兮兮
糟糕壞小孩

普麗格校長不相信她的話。她戴上半月形眼鏡，仔細打量佩圖拉。

「 端莊學院 是全國最好的女子寄宿學校，妳卻在校園內惹出許多麻煩。事實上，不管妳走到哪裡都會留下破壞的痕跡。應該不用我提醒妳昨天午餐時間在學校餐廳發生的事吧？妳拿了幾碗草莓布丁奶油蛋糕杯玩雜耍，玩了好久，最後蛋糕 飛越 過 半空，

直直飛向**教師**的餐桌。」

「可是……普麗格校長，至少妳們不用排隊拿甜點了呀。」佩圖拉回答。如果她以為這樣能平息校長心中的怒火，那她可是大錯特錯。

動個不停的佩圖拉

「我從頭到腳都沾滿了奶油蛋糕！」
普麗格校長氣得咬牙切齒，暴跳如雷，整張臉因為憤怒而漲紅。「今天早上還在耳朵裡發現一塊果凍！」

「妳有吃掉嗎，校長？」佩圖拉有禮貌地問道。

「**沒有**！我才沒吃！」

跳！ 嘎吱！ 跳！ 嘎吱！ 跳！ 嘎吱！

吵雜的噪音讓普麗格校長無法專心，但她還是努力集中精神繼續罵。

「還有妳在美術課上製造的混亂。妳一直**搖來搖去、扭個不停**，我們後來才發現教室牆壁、窗戶和天花板上都是顏料……」

「可是美術老師史波奇小姐說她很喜歡新的**裝飾**。」

普麗格校長決定無視她自作聰明的回答。

髒兮兮
糟糕壞小孩

「還有一次，妳讓運動器材室裡的曲棍球全都滾出來，害可憐的體育老師海夫特小姐絆倒，被球海沖到球場上！」

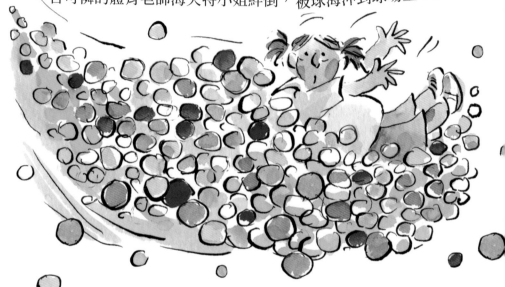

「希望他們有找到海夫特老師。」佩圖拉說。

「我也希望！」普麗格校長怒聲大吼。

跳！　　跳！　　跳！
嘎吱！　　嘎吱！　　嘎吱！

普麗格校長受不了了。

「妳可不可以不要再亂動了？！」她命令道。

動個不停的佩圖拉

「對不起，校長。」佩圖拉喃喃說道，她靜止不動的狀態維持了一分鐘，不過就只有一分鐘。

她左搖右晃、東扭西扭，最後來一個大旋轉，在地板上前滾翻，用倒立結束這場特技表演。

「聽好，佩圖拉，」普麗格校長語帶威脅地說。「這次的校外教學，我希望陶瓷博物館裡不會發生任何意外，不要讓 端莊學院 淪為別人的笑柄。我們可是一千年前由修女創立的老學校。」

「沒問題，校長。」佩圖拉回答。她用倒立的姿勢在校長室裡走來走去，好像一隻正在演出的貴賓狗。

「所以我叫理科老師布林克教授做了一個特殊裝置，免得妳損壞那些珍貴的古董。」

佩圖拉一點也不喜歡這個主意。「謝謝校長。不過就算沒有裝置也沒關係，我一定會乖乖的。」她一邊說，一邊做**剪刀腳**踢腿的動作。

結果把校長桌上那疊學生報告踢得漫
天飛舞，看起來就像一
大群海鷗振翅翱翔。

「不，快住手！」普麗格校長大喊。
「校長，請問是什麼樣的裝置呢？」
「哦，妳很快就會知道了！」普麗格校長
語帶不安，一邊拚命把亂飛
的紙抓下來。

「現在給我出去！」

佩圖拉一邊側手翻，不小心踢翻，到剛擦亮的學院獎盃。

嘗啷！

砰！

碎落一地

髒ㄅㄅ
糟糕壞小孩

校外教學日到了。布林克教授得意地把她的**發明**從科學大樓滾到到操場上。

「**校長，做好了！**」布林克教授說道，她穿著白色實驗袍，戴著安全護目鏡，「完全按照妳的吩咐。」

「太厲害了，教授！」普麗格校長說。

那個裝置看起來就像一顆巨大的倉鼠滾球。

動個不停的佩圖拉

布林克教授創造出一個大到可以讓人進去的透明圓球。當然啦，那個人就是佩圖拉。

「我覺得好驕傲，我的發明終於公諸於世了！」布林克教授自豪地說。「我把它取名為

彈力蹦蹦球，

這顆球能讓世界各地**動個不停**的孩子在裡面活動，不會走到哪裡就破壞到哪裡。」

「長話短說！」普麗格校長只喜歡聽自己說的話。

「是的，校長，」布林克教授急忙回答。「原理很簡單，讓愛亂動的孩子進入球體，」她指著一個小入口說。「他們動的時候，**彈力蹦蹦球**就會彈走，避開附近的貴重物品，不會造成任何損害。」

至少概念是這樣。

「太棒了！」 普麗格校長說。

「好了，妳可以走了！」

髒兮兮
糟糕壞小孩

陶瓷博物館很遠，車程很長。儘管司機嚴正抗議，普麗格校長依舊堅持讓佩圖拉坐在行李廂，這樣她才不會一路破壞東西。

一抵達目的地，校長立刻把佩圖拉塞進彈力蹦蹦球。接著她帶著其他女學生走進博物館，佩圖拉則一個人在後面彈跳前進。起先她很抗拒，可是進入彈力蹦蹦球那瞬間，她就改變了主意。她露出一個大大的笑容，覺得很好玩。

博物館裡收藏了各式各樣的珍貴瓷器。

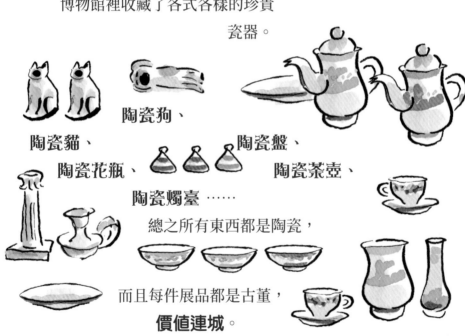

陶瓷狗、

陶瓷貓、

陶瓷盤、

陶瓷花瓶、

陶瓷茶壺、

陶瓷燭臺……

總之所有東西都是陶瓷，

而且每件展品都是古董，

價值連城。

動個不停的佩圖拉

「聽好，女孩們，不用說也知道，千萬不要碰展示品。」普麗格校長叮嚀。「我知道大多數人的爸爸媽媽都很有錢，所以才能送妳們來讀 端莊學院 。我想我可以很驕傲地說，端莊學院是全國最昂貴的學校。但是，如果妳們碰觸、打破展示品，就要自己賠，每一毛錢都要。聽清楚了嗎？」

學生們小聲咕噥。

「我說，妳們親愛的校長的話，
　　　　　　　有沒有聽清楚了？！」

「是的，校長。」女孩們回答。

「現在集合！」

大家擠在一起，圍在一座展示架旁邊。架上擺著一個大瓷碗，碗面綴有上百朵手工繪製的小花。佩圖拉在透明大球裡跳來跳去，想看得更清楚一點。普麗格校長戴上她的半月形眼鏡。

「這個碗是在巴黎製造的，曾為法國最後一位王后瑪麗安東尼所有。它的歷史最早可追溯至十八世紀。」

這時佩圖拉好想看那個碗，結果跳得太大力，彈力蹦蹦球就這樣撞上天花板。

大球以閃電般的速度飛快彈跳，

發出**陣陣撞擊聲**。

動個不停的佩圖拉

上上下下，上上下下，
上上下下，

砰！

砰！　　砰！

大球
猛烈搖晃。彈呀彈呀彈整個展間也隨著它
普麗格校長驚愕地倒抽一口氣。
佩圖拉跳來跳去，離那些珍貴的陶瓷展品
愈來愈近。

髒兮兮
糟糕壞小孩

　　彈力蹦蹦球逐步進逼，普麗格校長立刻伸出瘦長的手用力把球推開。球跳了出去，在牆壁上東**彈**西**彈**。其他女學生張大嘴巴望著這一幕，只見蹦蹦球從那些**價值不菲**的瓷器旁彈開 —— 完全沒有造成任何損害 —— 朝普麗格校長直**衝**過去。

蹦！

普麗格校長一個踉蹌，撞到展示架上的**陶瓷企鵝**。

「不一！」

她放聲尖叫。

動個不停的佩圖拉

陶瓷企鵝飛過半空中。

說真的，這個畫面非常罕見，因為企鵝其實是
一種不會飛的鳥。可是才過了幾秒，看見企鵝飛翔的驚奇感
就驟然消失。陶瓷企鵝重重撞上牆壁……

……變成許多細小的碎片。

在場的女學生全都驚恐地倒抽一口氣，卻又有點開心。

「佩圖拉，這筆帳要算在**妳頭上**！」

普麗格校長大吼。

「可是我又沒碰那隻珍貴的**陶瓷企鵝**！校長，
是妳碰的！」佩圖拉辯解。

不用說也知道，普麗格校長氣炸了。她追著佩圖拉跑，
佩圖拉則在**蹦蹦球**裡跳呀跳，**彈**到展間另一邊。

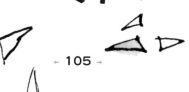

　　普麗格校長飛也似地衝向**彈力蹦蹦球**，這一次，她伸出雙手雙腳阻擋，想讓球停下來，可是球從牆壁上反彈，害她再度往後飛。

　　她先是撞到一隻陶瓷天鵝。

啪啷！

再撞上一尊真人大小的陶瓷**芭蕾女伶**。

噹啷！

砰！

然後又撞到一個陶瓷小丑。

鏗鏘！

匡啷！

動個不停的佩圖拉

　　那個小丑不是那種開心歡樂的小丑，而是憂鬱
悲傷的小丑。可惜當下沒時間好好觀察小丑臉上的表情，
因為它和其他展示品一同飛過空中，裂成一大堆陶瓷碎片，
散落在地板上。

鏗鏘！ 匡啷！ 碎！

　　就在這個時候，聽見騷動的博物館老館長衝出辦公室，
火速戴上單片眼鏡檢視眼前的慘狀。館內最重要、最寶貴
的陶瓷藏品全都變成了 **碎屑**。

「這是怎麼回事？！」 他氣沖沖地

揮舞手杖，放聲大吼。
　　普麗格校長搖搖晃晃地站起來走向老館長，
陶瓷碎片在她腳下 **劈啪** 作響。

劈啪　劈啪　劈啪

「請聽我解釋！」她懇求地說。

髒兮兮糟糕壞小孩

「是誰碰了這些既**貴重**、又令人**賞心悅目**，堪稱**無價之寶**的瓷器珍藏？」老館長厲聲質問。

「這個嘛……」普麗格校長瞄了佩圖拉一眼。

令她訝異的是，佩圖拉居然在**蹦蹦球**裡輕輕跳躍，跟剛才截然不同。

「呃，嚴格來說是**我**，可是——」

「沒有可是！」老館長大喊。

「夫人，妳必須賠償我們所有損失！」

「不不不不不不不不不不不不不不不不！！！」

普麗格校長失聲驚叫。

佩圖拉揚起一抹神祕又得意的微笑。

* * *

博物館提出的賠償金額堪稱天價，以校長的薪水來看，就算在全國最昂貴的學校當校長，也要一千年才能還清，因此普麗格校長只能在 端莊學院 額外兼差，多做一些工作。

動個不停的佩圖拉

位高權重、身分顯赫的她現在每天都得於清晨時分起床，拿著水桶和拖把打掃學院走廊。

午餐時間一到，她就必須去學校餐廳幫大家舀湯。

除此之外，很多人還經常看到她放學後站在梯子上清理屋簷溝槽中的潮濕落葉和死掉的鴿子。

如果有人踢翻校長的水桶、

讓湯碗
　　四處
　亂飛，

或是絆到
　梯子，別懷疑，
　　一定是
動不停的佩圖拉！

髒兮兮糟糕壞小孩

*   *   *

幾年後，佩圖拉終於要從 端莊學院 畢業了。那是她在學校的最後一天。十八歲的她已經準備好大翻筋斗，踏進多采多姿的世界。

那天早上，普麗格校長天還沒亮就起來通馬桶，接著又到圖書館清理館員因為食物中毒所留下的嘔吐物。

普麗格校長氣呼呼地用力放下拖把和水桶，發現她的眼中釘佩圖拉就坐在圖書館角落看書。

奇怪的是，佩圖拉居然靜靜地坐在那裡動也不動。

普麗格校長躲在書架後面，用憎恨的眼神暗中監視佩圖拉。除了每幾分鐘翻頁之外，佩圖拉完全沒移動半寸。

偷窺了一個小時後，普麗格校長終於從書架後方跳出來。

「啊哈！」她大叫。「抓到了吧！」

動個不停的佩圖拉

「噓！」佩圖拉往圖書館牆上的 **保持安靜！** 標語瞄了一眼，示意校長安靜。

「可是……可是……可是……」普麗格校長克制不住自己的情緒。「妳明明就能靜靜坐著！」

「對，我可以！」佩圖拉說。「一直都可以！」

「那妳媽媽為什麼要寫那封信？」

「哦，那張愚蠢的紙條啊？是我自己寫的！」

「我要罰妳

留校察看

一百年！」

普麗格校長
　　　氣壞了。

「我很樂意，真的，不過今天是我在 端莊學院 的最後一天。為了重溫往日的美好，我決定……

側手翻滾 出去。

再見，普麗格校長！」

佩圖拉說完立刻跳起來側手翻，轉呀轉

地離開圖書館。所有書都被她**踢**到

空中飛來飛去。

動個不停的佩圖拉

髒兮兮
糟糕壞小孩

　　普麗格校長在圖書館忙到半夜，不但要把所有書撿起來放回書架上，還要清理嘔吐物。

　　看吧，佩圖拉的確是糟糕壞小孩之一。**糟**到不行。

這些小孩一個比一個壞！

喜歡挖鼻孔的
彼得

　　有些小孩喜歡擤鼻涕，有些喜歡挖鼻孔。彼得屬於愛挖的那一派。他的鼻孔裡老是插著一根手指，有時是兩根，分別挖兩個鼻孔。

　　他想找埋在鼻子深處的寶藏：百分之百純粹的綠色 **鼻涕**。

喜歡挖鼻孔的彼得

雖然彼得比同年紀的孩子還要矮，**鼻涕**卻能拉得很長，似乎沒完沒了。

流動的鼻涕、 濃稠的鼻涕、
凝固的鼻涕、 鼻涕球、 鼻涕柱、
鼻涕鐘乳石、 鼻涕石筍。

他是**黏滑**的綠鼻涕之王。

每次挖完鼻孔，他都會快速檢查一下鼻涕，把戰利品黏到**鼻屎球**上。

彼得之前看了一本關於世界紀錄的書，世界上最大的鼻屎紀錄保持人是一個身材健壯、名叫史萊姆的德國女孩。她的鼻屎跟**炮彈**一樣大，重量和一隻中等體型的豬差不多[4]。

4　史萊姆雖然才十二歲，卻締造了許多令人不舒服的世界紀錄，其中包含世界上最大的耳屎 —— 跟一杯冰淇淋一樣大，還有世界上最多頭皮屑 —— 光是她拆開辮子落下的頭皮屑就能覆蓋整座足球場。不過最讓史萊姆驕傲的是，她有一雙世界上最臭的腳。只要她脫下鋼頭工作靴，方圓十六公里內的樹都會被惡臭熏倒。

　　彼得很想打敗這個強勁的對手，在《世界紀錄大全》上留名。他決心要製造出一顆所向無敵的鼻屎，一顆巨大的**鼻涕球**。

　　他從一顆普通的中型鼻屎開始，慢慢把其他鼻屎黏上去，做成一顆大鼻屎，然後是**超大**鼻屎，最後變成**究極**大鼻屎。

　　自此之後，彼得每次挖完鼻孔 —— 他大概每幾秒就挖一下 —— 都會把鼻屎和鼻涕黏上去。起初鼻涕球只有一顆豌豆大小，每增加一點綠色鼻涕，球體就變得愈大。很快的，鼻涕球就變得跟馬栗差不多，再來是甜瓜，然後是足球，最後簡直大到和雪人一樣。

　　彼得一心一意想成為世界紀錄保持人。為了達到這個目標，他甚至常常蹺課，花上一整天的時間**專心挖鼻孔。**

喜歡挖鼻孔的彼得

一開始，彼得還能帶著鼻涕球到處跑，後來球變得太大太重，他只能用滾的走過街道。

有天早上，彼得滾著鼻涕球去上學，結果不小心壓到鄰居家名叫金潔的貓。可憐的金潔就這樣陷在**鼻涕球**裡。

喵喵喵！

鼻涕球實在是太黏了，彼得不得不把金潔的毛剃光，好不容易才把牠救出來。

喵喵喵喵喵喵喵喵！

後來彼得就把鼻涕球放在房間裡收好。故事揭開序幕時，他的鼻涕球已經變得和**小行星**一樣大，看起來很像外太空的神祕物體。

上面泛著色澤不一、
千變萬化的綠。
淺綠。
深綠。很綠的綠。
不是很綠的綠。

髒兮兮
米曹米羔蛋小孩

　　彼得每分每秒都會挖出新的鼻涕和鼻屎，舔一舔，彈到鼻涕球上，最後球大到房間放不下，他的床和衣櫃也被這顆邪惡的**究極大鼻屎**壓壞了。

　　有天早上，彼得朝鼻孔裡東挖西挖，找到一顆特別大的鼻屎。他不假思索地把鼻屎黏在**鼻涕球**上，沒想到這顆鼻屎竟成了最後一根稻草，一陣斷裂聲瞬間竄進彼得耳裡。

劈啪！

　　究極大鼻屎就這樣把地板壓垮了。

　　彼得立刻衝出房間，跑到樓下的廚房。他看著天花板，一道道裂縫迅速蔓延。

喀啦！

　　彼得還來不及挖鼻孔，鼻涕球就穿破天花板掉在他旁邊。

砰！

　　「啊啊啊！」彼得放聲尖叫，全身沾滿瓦礫和塵土。他差點被自己的鼻屎殺死。

　　鼻涕球快速滾動，朝彼得直衝而來。他拔腿跑出家門，

喜歡挖鼻孔的彼得

但**鼻涕球** 穿破 圍牆……

滾上大街，緊追著 他不放……

彼得的爸媽從臥室窗戶往外看。眼前的景象
嚇得他們張大嘴巴，說不出話來。

髒ㄅㄅ
米曹米盍 壞小孩

　　用鼻涕和鼻屎組成的密實**鼻涕球**黏性超強，滾到哪黏到哪，路上所有人事物都被黏進球裡。

　　一隻小狗，
在遛那隻小狗的
老太太，

　　一輛腳踏車，
騎那輛腳踏車的男孩，
　　一臺割草機，在
用那臺割草機的園丁。

　　大家就這樣陷在**鼻涕球**裡，
沿著馬路瘋狂滾動。

　　彼得的鼻涕球愈滾愈大，
速度也愈來愈快。

喜歡挖鼻孔的彼得

　　彼得一直跑，拚命跑，用力跑，想擺脫鼻涕球。現在**鼻涕球**裡不但多了一個郵筒，還有一棵連根拔起的樹，就連汽車也被黏住、卡在裡面。

　　看到**鼻涕球**輾過一輛載滿乘客的公車、黏住車頂，彼得頓時陷入恐慌。

　　乘客們隨著滾動的鼻涕球轉呀轉，彷彿踏進一座如惡夢般恐怖的鼻涕主題樂園。彼得赫然意識到自己

　　　不只是逃跑，更是在逃命。

鼻涕球現在大到能黏起路邊的房子。先是平房，再來是大型的家庭式住宅，都逃不過它的魔掌。

家庭式住宅、
　　平房、公車、汽車、樹、郵筒、
割草機、用割草機的園丁、腳踏車、騎腳踏車的男孩、小狗，
　　當然別忘了 還有遛狗的老太太——
　　　　全都被困在鼻涕球裡。
　　鼻涕球正以驚人的速度 飛快成長

彼得想出了一個計畫。活下去的唯一方法就是潛入地底，這樣鼻涕球就追不到他了。他發現前方有個水溝，立刻加緊腳步衝過去，使盡全力想扳開水溝蓋。

「拜託，快點，快點！」著急的他口中念念有詞。

可是他整天把手指插在鼻孔裡，皮膚變得又皺又濕，所以手太滑，抓不住金屬欄杆。

幸好，他及時拉開水溝蓋，跳進黑暗幽深的下水道。

鼻涕球從　他頭上滾　　過。

轟隆隆！

彼得大大鬆了一口氣，嘆息聲在下水道裡不停迴盪。

「呼！」

呼！

呼！

呼！

呼！

　　過了不久，他覺得外面應該安全了，於是便帶著滿身垃圾和爛泥爬上地面。他看著巨大的鼻涕球愈滾愈遠，黏起路上的一切。

一輛消防車，
一排商店，
還有一群乳牛。
牠們一副事不關己
的模樣，
發出輕柔
的叫聲。

哞！
哞！
哞！

　　看到這場大混亂，彼得忍不住想，還是不要讓別人知道這顆恐怖的鼻涕球是他做的比較好。經歷過這一切，他很願意讓史萊姆保留「**世界上最大的鼻屎**」這個頭銜。

喜歡挖鼻孔的彼得

下定決心後，彼得便沿著街道漫步，悠哉地走向學校。他已經好幾個禮拜沒去上學了。可是才走到校門口，他就發現學校不見了。

放眼望去，只見一片空蕩的操場，上面有一塊塊黑色的痕跡，是從前學校大樓和教室所在的地方。

那顆充滿毀滅力量的鼻涕球一定是早在彼得來之前就從這裡滾過，把校舍吞噬殆盡。

眼前除了一雙長筒雨靴孤零零地站在學校餐廳的位置外，什麼也沒有。那雙雨靴是可怕的餐廳阿姨史勞德太太的，看樣子，她和所有老師都被**超大鼻涕球**黏走了。

「哈哈！」彼得露出得意的微笑。

「至少我再也不用上學啦！」

他獨自站在操場上咯咯笑，覺得地球上好像只剩下他一個人。

正當他準備轉身回家 —— 或者應該說殘存的家 —— 時，後方傳來一陣巨響……

聲音愈來愈大。

轟隆隆的

聲音，像**打雷**

一樣的

聲音，震耳欲聾

的聲音。

腳下的大地

猛烈搖晃。

彼得害怕地

吞吞口水。

他很清楚那是什麼東西。
他真的沒有力氣也沒有勇氣轉身，
可是他不得不面對現實。他慢慢轉頭，
巨大的鼻涕球想必繞著地球滾了一圈，
又滾回來，**直直朝他狂衝！**

經過這場如史詩般漫長浩大的旅程，鼻涕球的尺寸變得跟月球差不多，上面還黏了不少世界知名地標。

艾菲爾鐵塔、羅馬競技場、雪梨歌劇院、泰姬瑪哈陵、聖瓦西里大教堂、埃及金字塔，還有英國國會大廈——全都從鼻涕球裡探出頭，好像冰淇淋上的餅乾碎屑。

就連**白金漢宮**也被黏了起來，隨著鼻涕球到處滾動。女王陛下紅著臉坐在馬桶上，全被看光光啦！

「啊啊啊啊啊啊啊！！！」

彼得看著愈滾愈近的鼻涕球，忍不住放聲尖叫。

超大鼻涕球現在變成**宇宙無敵大**，遮蔽了陽光。

無盡的陰影籠罩著彼得，讓他覺得**好冷**。

喜歡挖鼻孔的彼得

他害怕地閉上眼睛。**鼻涕球**輾過他的身體，把他從地上黏起來。

「不——！」

一轉眼，彼得的頭就陷進鼻屎裡。鼻涕球發出轟隆巨響，開始往後繞著地球滾。

可是女王陛下非常生氣，因為大家都看到她上廁所的模樣。她命令皇家護衛隊朝鼻涕球開炮。

「發射！」

炮彈咻地飛向巨型鼻涕球。

磅！

鼻涕球
　　應聲爆炸，

　　　化成細小
　　　　　　的碎片

　　　　　掉到地上。

　　每樣人事物都回
到適當的位置。
　　只有一個男孩例外。
　　彼得依舊卡在一團大鼻屎裡。
　　鼻屎飛過空中，落在聖保羅大教堂尖塔頂端。

他的爸媽每個禮拜天都會去看他，
從地面丟些小片食物給他。
彼得就這樣頭下腳上
地與**大鼻屎**
相伴，
困在教堂尖頂
一輩子。

要是你很愛挖鼻孔，說不定也
會發生這種事喔。
下次記得用**擤**的。

好多鼻涕，
好噁心！

不愛乾淨的
葛楚德

　　你有認識不愛乾淨的小孩嗎？滿身汙垢的女生？臭不可聞的男生？我敢說，不管他們多臭多髒，都比不過**葛楚德**。這個女孩很開心能當世界上最髒的孩子！她從來不用水和肥皂，無論她走到哪裡，一大團**灰塵**和臭氣就跟到哪。

不愛乾淨的葛楚德

　　不用說也知道，葛楚德碰過的東西都會變得髒兮兮。她的課本上滿是水漬和汙漬，至於濺到什麼東西……很可怕，還是不要說比較好。除此之外，葛楚德也不顧媽媽抗議，堅持不洗衣服，所以她的衣服很快就沾滿塵土和穢物。

　　在葛楚德的生活中，最髒的地方就是她的房間。雖然媽媽一直拜託她打掃，但葛楚德就是不聽，從來沒整理過。

她把東西

全丟在地上，

讓臥室變成

她個人專屬的

垃圾場。

髒兮兮
糟糕壞小孩

隨著時間過去，臭氣沖天的運動鞋、
擤過鼻涕的衛生紙、　　　　　沒吃完的雞蛋三明治和
　　　　　泛白且開始崩解的倉鼠　　　　　糞便[5]
愈堆愈高，淹沒了葛楚德的膝蓋。

　　她必須使勁穿過垃圾海，才能爬上又髒又臭的床。至於
臥室地毯已成為遙遠的回憶，好幾年沒看到了。不過，身為
糟糕壞小孩之一，葛楚德倒是很喜歡在滿坑滿谷的髒東西裡
生活。愈髒愈好。

　　現在讓我花點時間聊聊葛楚德的腳。她的腳髒到看起來
就和山怪的腳一樣。

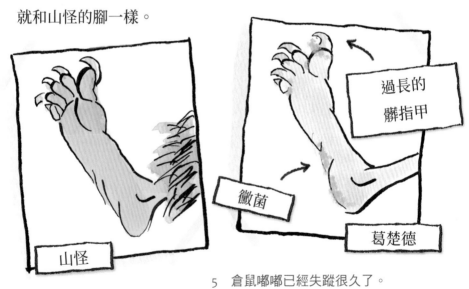

過長的
髒指甲

黴菌

山怪

葛楚德

5　倉鼠嘟嘟已經失蹤很久了。

不愛乾淨的葛楚德

　　不僅兩腳都長滿綠色黴菌，指甲也又長又彎，但葛楚德就是不剪，所以她的腳比幾十年前就壞掉的濕軟乳酪還臭。每次葛楚德脫下襪子，都會拿起來湊到鼻子前面。

「嗯——！」

她用力一吸，發出心滿意足的嘆息。

　　你我聞到那個味道可能會**尖叫**或反射性嘔吐，但葛楚德不會。她很高興自己的襪子是世界上最臭的襪子。她會把襪子丟到房間裡那座日漸增高的垃圾山上，就像其他東西一樣。

髒兮兮糟糕壞小孩

「拜託妳馬上整理房間！」葛楚德的媽媽苦苦哀求。這個可憐的女人快被折磨死了。

葛楚德的媽媽把家裡其他地方打掃得一塵不染，為此她非常自豪。只要有一小塊餅乾屑掉在地毯上，她就會立刻用吸塵器清理乾淨。葛楚德髒亂的房間對她來說就像一場恐怖的惡夢。她這種總是在餐桌上擺放鮮花的女性怎麼會生出一個喜歡住在……垃圾堆裡的孩子呢？

「滾開！」葛楚德嘻笑回應。

她知道向來盤著完美俐落的髮髻、脖子上戴一串珍珠項鍊的媽媽很討厭她講「滾」這個字，所以只要對媽媽說話，她就一定、絕對、百分之百會用上這個字。

「女兒！不准說那個難聽的字！」媽媽尖聲抱怨。

「什麼？滾嗎？」葛楚德調皮地重複。

「對，不准在我可愛的家裡說那個可怕的字。好了，小姐，我要妳現在就整理房間！」

「滾開！」葛楚德大聲頂嘴。

媽媽暗自決定，女兒不整理，那她來整理。早上葛楚德一去上學，她就立刻付諸行動。

不愛乾淨的葛楚德

她戴上厚厚的橡膠手套，拿了一捲有香味的粉紅色垃圾袋，
用袖子遮住口鼻 —— 實在是太臭了 —— 跑上樓。

「**衝啊！**」她放聲大喊，好像在作戰一樣。

她卯足全力想撞開女兒的房門。

砰！

可是門只開了一點點。
房間裡的垃圾堆得好高，
已經及腰了。

看

「哇！」媽媽從門縫裡偷

忍不住失聲驚呼。裡面居然有

一大片垃圾海！

「噁～」一陣臭味撲鼻而來，
她再度大叫。

可是問題來了，不管她怎麼努力就是沒辦法把門推開，
進入房間。葛楚德很瘦小，剛好可以擠進門縫，越過滿屋子
的垃圾。可是她不行，簡直是不可能的任務。

正當她打算放棄、承認失敗的時候，突然間……

叮咚！

她想到了一個好辦法。

她用鞋子充當門擋撐住門，跑下樓拿吸塵器，

接著把長長的吸塵器軟管塞進門縫裡，

按下開關。

不愛乾淨的葛楚德

嗡——！

看到吸塵器

開始吸垃圾，
媽媽好高興。

一整杯
腐壞的
巧克力奶昔，

一片吸飽膿汁的OK繃，

還有一塊臭掉的乳酪。

葛楚德的媽媽露出微笑。

髒兮兮
糟糕壞小孩

等葛楚德放學回家，垃圾山應該就會降到腳踝的高度了。

就在這個時候，吸塵器開始發出奇怪的嗡嗡聲⋯⋯

嘎嘎嘎嘎嘎嘎！

鏗鏘！

⋯⋯接著是刺耳的金屬斷裂聲。

吸塵器劇烈搖晃，整個爆炸了！

蹦！

葛楚德的媽媽從頭到腳都掛滿了
吸塵器剛才吸進的垃圾。

不愛乾淨的葛楚德

「太可怕了！太可怕了！」她放聲哀號，身上覆蓋著泥土、灰塵、腐壞的巧克力奶昔和其他雜七雜八的東西。

她彎下腰檢查炸成碎片的
機器殘骸。
想必是什麼
又大又強壯的
東西才能毀
掉吸塵器。

該不會有什麼怪物潛伏在葛楚德房間的垃圾堆裡吧？

「**有……有人嗎？**」媽媽呼喊著。
沒有回應。

她搖搖頭，覺得這個想法很蠢。吸塵器一定是自己爆炸
的。她跌跌撞撞地走到浴室，急著想把身體清理乾淨。

不愛乾淨的葛楚德

　　葛楚德回來時，媽媽還在洗澡。她已經洗了二十七次了。她還來不及說話，葛楚德就飛也似地衝上樓，從門縫擠進房間。

　　她跪在一張老舊的速食店托盤上，像衝浪一樣越過垃圾海，滑到床邊。她坐在床上脫下潮溼的襪子。那雙襪子她已經穿了好幾百次，從來沒洗過。葛楚德開心地看著黴菌在襪子表面逐漸蔓延。

　　她伸手往幽暗的垃圾海深處翻找，結果發現一隻她在好幾年前丟下的襪子。

　　這隻襪子上長了許多詭異的瘤，看起來很像來自遙遠太陽系的畸形蔬菜。葛楚德這才發覺她的房間已經髒到能孕育出新生命了。

　　只是她完全沒料到接下來

　　　會有
　　　　這種
　　　　　發展……

那天晚上，葛楚德躺在滿是汙垢的床上，蓋著又黏又髒的被子。突然間，她注意到黑暗中好像有東西在動。

應該是心理作用吧？

還是在做夢呢？

「滾開！」葛楚德大喊。萬一真的有什麼躲在那裡，應該能嚇跑它。

那個神祕物體又動了一下。

垃圾海頂端的碎屑殘渣發出窸窸窣窣的聲音，彷彿有底下有東西游過。

這不是夢，也不是惡夢。是真實發生的事。有個生物住在她房間的垃圾堆底下。

會不會是老鼠？

不對，看起來應該比老鼠大。

還是大蟑螂？

不對，蟑螂應該會急速逃跑才對。

該不會是可怕的蛇吧？

不對，那個東西沒有發出嘶嘶聲⋯⋯

而是低吼聲。

「吼——！」

看樣子只有一個解釋。

那是一隻謎樣的……生物。

一隻在髒亂陰暗的垃圾堆深處孵化的生物。

一隻人類未知的生物。

葛楚德只想離那隻生物遠遠的。她在床上跳呀跳，等到高度夠高，就趁勢跳上衣櫥頂端。她在那裡儲備了一些垃圾以應付特殊情況。

此時此刻，她非常需要那些垃圾。

不愛乾淨的葛楚德

她使盡全力把

　　沒吃完的優格罐、

義大利辣腸披薩皮

　　　　和一袋大象
　　大便——那是她趁學
　　　　校帶他們去動物園校
外教學時收集的——丟下去。

　　丟完後，葛楚德從衣櫥上跳下來，重重落在
那座新的垃圾山上，企圖把潛伏在底下的那隻
神祕生物壓扁。
　　她完全不知道自己其實是在餵養那隻生物。

葛楚德用力踏腳，踩了好一陣子，接著躺回床上休息。
她筋疲力，慢慢閉上眼睛。

半夢半醒間，葛楚德再度聽見那個低吼聲。

「吼——？」

她立刻坐起來大喊：「滾開！
不管躲在下面的是什麼，

快點滾開！」

葛楚德的媽媽聽到她大叫，
火速衝出浴室。下擺綴有褶邊的粉
紅色浴袍在她身後不斷飄蕩。

「葛楚德？親愛的，一切都還好嗎？」她在房門外大喊。

「沒事。滾開！」

「不，我才不走，妳這個滿嘴髒話的孩子！妳在跟誰說
話？快說！」媽媽厲聲問道。

「跟妳！快點滾開！」

葛楚德的媽媽想推開房門，可是垃圾山變得比之前還
高，現在門完全卡住，一條縫也開不了。

不愛乾淨的葛楚德

「聽好，妳明天早上要做的第一件事就是整理房間！」說完她便跑回浴室，努力把身上最後一點腐壞的巧克力奶昔汙漬刷掉。

葛楚德的房間裡傳來一陣非常特別的咀嚼聲。

嚼！　　嚼！　　嚼！

聽起來那隻生物正在吞食眼前的一切。

「嗝——！

牠終於從浩瀚的垃圾海裡現身了⋯⋯

是 **垃圾怪獸！**

不是說那隻怪獸很廢、很垃圾，事實上牠非常恐怖。牠之所以叫垃圾怪獸，是因為牠是從垃圾中誕生的。

不愛乾淨的葛楚德

葛楚德丟在房間地板上的東西變成了牠的身體。

怪獸頭上那兩隻耳朵是她的臭襪子；

眼睛是長滿黴菌的義大利辣腸披薩上

的兩片臘腸；嘴巴是發霉的漢堡；腫脹的身體則是由潮溼的

運動服、沾上鼻涕的衛生紙、充滿汗臭的

長筒雨靴和覆滿狗毛的剩餘甜點組成，

全都被髒兮兮的 OK 蹦綁在一起。

眼前的景象實在是太可怕了。

怪獸就是要這麼可怕沒錯。

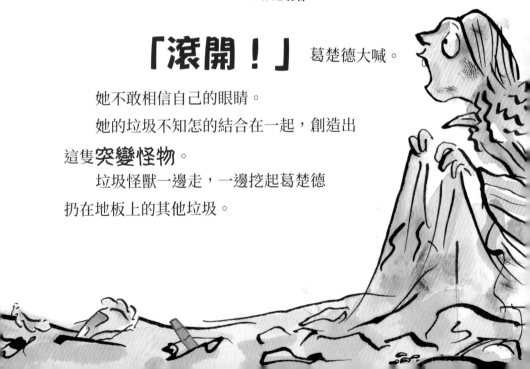

「滾開！」 葛楚德大喊。

她不敢相信自己的眼睛。

她的垃圾不知怎的結合在一起，創造出

這隻**突變怪物**。

垃圾怪獸一邊走，一邊挖起葛楚德

扔在地板上的其他垃圾。

髒兮兮
糟糕壞小孩

牠把挖起的垃圾塞進嘴裡。牠的手很大，所以一下子就把那些垃圾吃得一乾二淨。

溼軟的陳年雜誌、被狗咬過的拖鞋、

沒氣的氣球、被遺忘很久的洋娃娃，還有又臭又髒的襪子。

一口又 一口的 **髒**襪子。

怪獸很喜歡葛楚德的髒襪子。牠一直吃、一直吃，身體也一直變大、一直變大，成長的速度非常驚人。才一眨眼，垃圾怪獸就迅速抽高，頭撞上了天花板。**咚！**

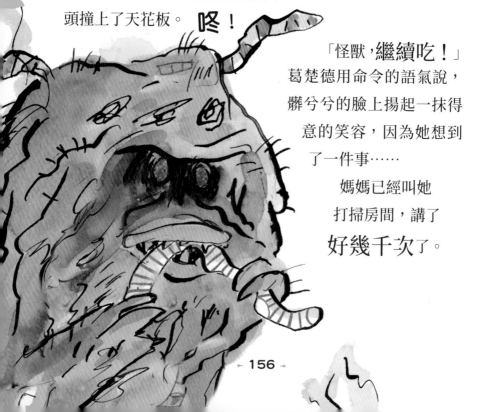

「怪獸，**繼續吃！**」葛楚德用命令的語氣說，髒兮兮的臉上揚起一抹得意的笑容，因為她想到了一件事……

媽媽已經叫她打掃房間，講了**好幾千次**了。

不愛乾淨的葛楚德

現在怪獸不就在**替她**打掃房間嗎！

過沒多久，她的房間就變得好整潔、好乾淨。好久不見的地毯終於出現了。更棒的是，怪獸把舊的垃圾全都吃光，她又能製造新的垃圾，重新塞滿整個房間了。

「謝謝，」葛楚德說。「你可以滾了。」

可是怪獸沒有離開。噢，**不**！牠看起來還是很餓。牠轉身看著葛楚德，恐怖的義大利辣腸眼**直盯**著她不放。

「**不——！**」葛楚德看著怪獸步步進逼，急著懇求。

垃圾怪獸緩慢的步伐讓牠看起來更可怕了。

咚。咚。咚。

「滾開！」 葛楚德大叫。

來不及了。怪獸把葛楚德抓起來，
一口吞下肚。

髒兮兮
米曹米羔壞小孩

「嗝——！．」牠打了一個飽嗝。

「嗝——

葛蕾德不愛乾淨的
髒亂惡習
讓她付出了很大的代價。
她被自己製造出來的
垃圾怪獸吃掉了。
所以，下次如果大人
叫你整理房間，

做就對了。

不然你可能會
變得跟她
一樣喔……

臭味熏得
我都流
眼淚了！

自以為是的
小翁

  多年前有個男孩名叫小翁。小翁非常用功，從小到大都很認真，在認真讀書的孩子裡，他是最認真的那個，而且凡事都要爭，認為自己一定是對的。「小翁永遠不會錯！」他常把這句話掛在嘴上，身邊的人都覺得他很煩。

自以為是的小翁

數學是小翁最喜歡的科目。他最愛的消遣就是解開那些看起來無解的算術題和方程式。就算老師沒出數學作業,他也會出題來考驗自己。

$$\frac{3}{4}\sqrt{3} + 24\int_0^{1/4}\sqrt{x-x^2}\,dx = ?^6$$

這些對小翁來說輕而易舉。他每天晚上、每個週末、每次節慶假期都會埋首研究好幾百個複雜的方程式,試著找出解答。那些方程式難到就連全校最聰明的老師都看不懂,只能困惑地抓抓頭。

小翁整天沉浸在數學裡,生活中除了數學還是數學,很少出去曬太陽,所以皮膚非常蒼白。除此之外,長時間解方程式直到深夜也影響了他的視力,讓他不得不戴眼鏡。他的眼鏡是金屬框,鏡片厚到眼睛看起來就像網球那麼大。

如你所見,小翁非常自豪,覺得自己是數學天才,比其他人更聰明。他說的每個答案都是對的。儘管如此,小翁還是很擔心。一想到自己有一天可能會出錯,他就好害怕。這是他最大的恐懼。

6　答案很明顯是 π 啊

代數學

高階數學

超高階數學

數學

髒兮兮
糟糕壞小孩

這個故事講的就是那一天。

事情發生在禮拜一早上，小翁正在上他最喜歡的數學課。

「你們一定要記住，數字是**無限大**的。」年老的數學老師舒德利先生站在黑板前對學生說。

「老師，『**無限大**』是什麼意思？」坐在教室

自以為是的小翁

後方的女生問道。

「嘖嘖嘖。」坐在第一排的小翁發出響亮的嘖嘖聲。面對他認為不如自己聰明的人（也就是每個人），他都會嘖來嘖去。

「這個問題很好，」舒德利老師嚴厲地瞪了小翁一眼。「因為數字可以一直加下去，無窮無盡，所以無限大。」

大家你看我，我看你，試著理解老師說的話。

「現在，我要你們盡可能想一個最大的數字。」

舒德利老師又說。**許多小手急切地舉起來。**

「一百萬！」一個男孩說。

「十億！」另一個……

呃，尼丁・辛格大叫。

「一兆！」

肯尼斯・陳喊道。

「一兆兆兆！」 坐在肯尼斯後面的

法蘭西斯・弗朗索瓦用勝利的口氣說。

一定沒有人講得出比這個更大的數字。

看到大家這麼踴躍，舒德利先生很開心。

「哈哈！很好，孩子們，非常好。

有人想到比一兆兆兆更大的數字嗎？」

小翁想了一下。

「一兆兆兆零一。」

自以為是的小翁

「很棒喔，小翁！」舒德利先生大為讚賞，其他同學紛紛發出埋怨的呻吟，似乎覺得很煩。用功的書呆子小翁又贏了！「現在，有人想到比一兆兆兆零一更大的數字嗎？」

「我想到了，」小翁回答。「**一兆兆兆零二。**」

「沒錯，一兆兆兆零二。有人能想到更大的數字嗎？」舒德利先生問道。

「我，」小翁說。「**一兆兆兆零三。**」

「很好，非常好，謝謝你，小翁。好了，我們繼續。我要講的重點是……」

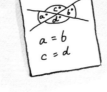

「一兆兆兆零四。」

「小翁，夠了！」向來溫和又好脾氣的舒德利先生覺得有點惱火。

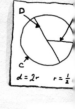

「一兆兆兆零——」

「小翁，請你安靜！」

舒德利先生大吼。

髒兮兮
糟糕壞小孩

教室頓時鴉雀無聲。

「謝謝。」舒德利老師很震驚，沒想到自己會情緒失控，但他很快就恢復冷靜。「我是要說——由此可知，數字可以一直加下去，所以沒有盡頭。你們不妨試試看，**絕對**沒有人能數到**無限大**。

小翁，就連你也做不到！」

大家聽了全都安靜下來。小翁看著老師，厚厚的鏡片把他的雙眼放大到和鐃鈸一樣。

「我做得到。」他眨眨眼睛說。

全班哄堂大笑。

「哈哈哈哈哈哈哈！」

自以為是的小翁

「大家安靜！」舒德利老師試著平息騷動，接著轉向小翁。「小翁，這大概是你這輩子第一次聽到這句話，但是……你錯了。」

「小翁永遠、永遠不會錯。」小翁很篤定地回答。

「這一次，小翁錯得離譜，」舒德利老師搖搖頭。「沒有人能數到無限大，就連世界上最**傑出**的思想家都做不到，絕對不可能，更別說是你了。」

小翁長這麼大從來沒錯過，也不打算錯。

從那一刻起，他就展開了一場註定失敗的旅程。一段徹底改變人生的旅程。

「小翁永遠、永遠不會錯。」他非常堅持。「我是個天才，我一定能數到無限大。一定、一定、一定！」

「那你快數啊！」坐在後排的肯尼斯大喊。

「對啊，快點！」其他同學跟著起鬨。

就連素來理性的舒德利老師也想煽風點火，慫恿小翁。他們只有一個目標，就是證明小翁錯了。

「我們都在等你喔。」舒德利先生對全班同學眨眨眼。

小翁清清喉嚨,開始數數。

「一、二、三、四、五、六⋯⋯」 4

其他孩子爆出一陣大笑。

「哈哈哈哈哈哈哈哈 哈 哈哈哈!」

小翁真的打算數到無限大。他想證明自己沒有錯！ 36

「七、八、九、十、十一⋯⋯」他繼續數。

大家都不敢相信他居然真的數了。 10

「兩百七十三、兩百七十四、
兩百七十五⋯⋯」

小翁就這樣一直數到下課鐘響。

叮鈴——！

「謝謝,小翁,你可以停下來了。」
舒德利老師咯咯輕笑。

自以為是的小翁

14   11   629

65

不過他低估了小翁。這件事攸關他的自尊。除非數到**無限大**，否則他絕不罷休。

「兩百七十六、兩百七十七、
　　　　兩百七十八……」

三百五十九……

小翁一邊數，一邊大步走出教室。舒德利老師難以置信地搖搖頭。小翁究竟要數到什麼時候？

四百八十……

五百四十二……

34

280

108

27

18

小翁下課在數，上午的課在數 —— 體育課也不例外 —— 午餐時間在數，下午的課在數，一路數到放學鐘響。

叮 鈴 ——　！

六百九十九……

9

小翁走向校門，嘴裡繼續數數。他已經數到破千了。

「九千七百三十六、
　　　九千七百三十七……」

其他在公車站等車的男孩紛紛嘲笑小翁。肯尼斯心裡突然湧起一陣內疚。

「走吧，小翁，我們去吃冰淇淋。別理他們。」他拍拍小翁的肩膀說。

小翁露出憤怒的表情。

「你害我忘記數到哪裡了！」

他氣呼呼地大吼。

「我又要從頭再數一遍！」

「可是，小翁──！」

「一、

二、

三……」

自以為是的小翁

一千一百一十二……

回家後，小翁邊吃晚餐邊數……

三萬六百零九……

三萬六百一十……

泡澡時也在數。

上床睡覺前，他拿出紙筆，記下自己數到哪裡。

這樣他一起床就能從四萬八千
三百九十二開始數。他也真的這麼做了。

48,392

　　隔天、後天、大後天，小翁都在數數，一直數、一直數，數個沒完。

　　他很快就數到**百萬**，過了幾年，他就數到**十億**。

　　數到**一兆**後，他覺得已經來不及喊停了，於是便繼續數，往無限大前進。

……兩十六億三千……
……八十一億九千……
兆兆兆兆……
……十二億三千……一百……兆兆兆兆兆兆兆兆兆兆……

自以為是的小翁

人們紛紛從附近的村落和城鎮跑來看小翁數數，執行這項永無止盡的任務。

他們都叫他「**數數男孩**」，後來小翁長大，大家就改叫他「**數數男**」。

……十六億三千……兆兆兆兆

三十二億三千……

兆兆兆兆兆兆兆兆……

兆兆兆兆兆兆兆兆兆……

兆兆兆兆兆兆……零三

……五十一億一千……

兆兆兆兆兆兆兆……一

小翁的頭髮逐漸斑白，鏡片也愈來愈厚，現在他的眼睛看起來就跟足球差不多。小翁想證明他沒錯。他要一直數到**無限大**，數到死為止。

就連他的數學老師舒德利先生高齡一百零三歲去世，他也拒絕放棄。

九百七十八億四千三百
八十九萬兩千四百五十二兆兆
兆兆兆兆兆兆兆兆……

數字愈來愈長，變得很拗口。

日子一天天過去，小翁也老了。他就這樣不間斷地數，數了六十年。

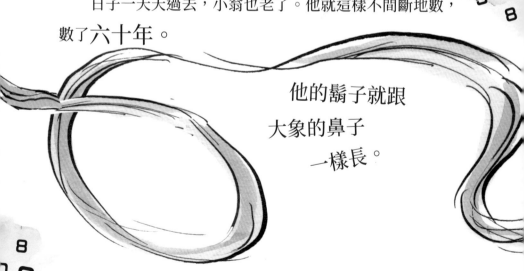

他的鬍子就跟
大象的鼻子
一樣長。

自以為是的小翁

但他仍舊繼續數，拚命數，數個不停。小翁心想，只要一直數下去，別人就永遠無法證明他錯了。

一千一百九十九億零

一千六百六十三萬

兆兆兆兆兆兆兆兆兆兆……

髒兮兮糟米糕壞小孩

有天晚上，臨終的小翁躺在床上。他已經一百一十一歲，就快離開這個世界了。

不過他還是一直數，一直**數**，一直**數**，希望下一個數字就是**無限大**，卻怎麼數都數不到。

一千**兩百億**零三……**兆兆兆兆**兆兆兆兆兆……
一千兩百億零四……**兆兆兆兆兆兆兆兆兆兆**……

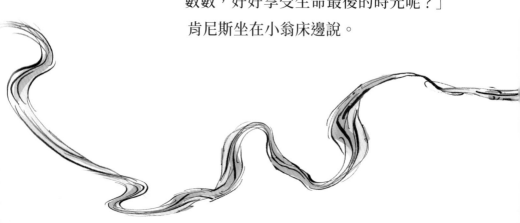

小翁奄奄一息，身體愈來愈虛弱。他的老同學肯尼斯來見他最後一面。

「小翁，來日無多了，你是不是該停止數數，好好享受生命最後的時光呢？」肯尼斯坐在小翁床邊說。

自以為是的小翁

小翁直直望著肯尼斯的雙眼，看起來氣壞了。

「你這個笨蛋！

你害我忘記數到哪裡了！

我又要從頭再數一遍！」

「小翁，別這樣！」

肯尼斯央求。

「一、ㄅ、ㄔ、ㄙ三……」

小翁喃喃開口。

他的 **墓碑** 上刻著：

小翁

長眠於此，

他永遠、

永遠、

永遠、

永遠不會錯。

(尤其是數到無限大這件事)

　　當然啦，小翁並沒有、也數不到無限大。不過，正如他無法證明無限大存在，沒有人能證明無限大不存在。

　　小翁帶著笑意離開了人世……

　　雖然他浪費了整個人生數數，但對他來說更重要的是，沒有人能證明他錯了。

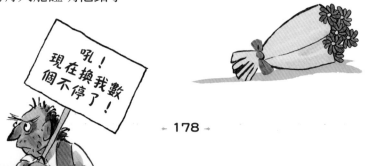

吼！現在換我數個不停了！

猛放屁的
敏蒂

淘氣的笑容

滿肚子脹氣

放臭屁

猛放屁的敏蒂

很久很久以前，有個女孩名叫敏蒂，她很會**放屁**。

敏蒂還是小寶寶的時候，就發現自己有**放屁**的這個驚人天賦。泡泡屁、

普通屁、水屁、噗噗屁、悶屁、喇叭屁、漏風屁、溫熱屁、尖聲屁、響屁、旋律屁……

猛放屁的敏蒂

不管是什麼屁，敏蒂都很樂意放出來。

她放屁的技巧厲害到能代表國家比賽了[7]。

敏蒂的屁有各式各樣的大小和形狀。像是安靜的屁、響亮的屁、**震耳欲聾**的屁、**長**屁、短屁、像機關槍一樣**噠噠噠**的連環屁，甚至還有**炸彈屁**。

敏蒂實在太會放屁，每次她一放，那些不幸在她附近的人都會被嚇到。不過她很調皮、喜歡惡作劇，非常享受放屁製造出來的混亂，看超市裡的民眾**驚慌逃竄**，教堂裡的教友**拔**腿狂奔，或是甜點店裡的顧客亂成一團。

大家你**推**我**擠**，

急著逃離臭味，

經常發生踩踏事件。

7　前提是有國際響屁與臭屁大賽的話。
可惜本書送印時，世界上還沒有這種比賽。

髒兮兮
糟糕壞小孩

敏蒂會故意吃很多容易引起放屁的食物。以下這些東西她都會**狼吞虎嚥**、大吃特吃：

烤豆子

李子汁

無花果乾

燕麥粥

棕醬

雪酪

蕪菁

豌豆泥

甜玉米

咖哩燉蛋

汽水

甜菜根

捲心菜

扁豆湯

小蘿蔔

焗烤花椰菜

香蕉

（要熟到變咖啡色那種）

生洋蔥

球芽甘藍

填料餡

猛放屁的敏蒂

敏蒂時常因為在課堂上放屁被老師趕出教室，她都說她是不小心的，但其實她是故意的。

每一次都是。

她的屁太吵太臭，搞到必須疏散全班。

接著校長會叫她到校長室，嚴加責罵一番。

「敏蒂，我真的對妳很失望。」

校長在故事開始的那天早上說。

她特別讓校長室的門開著，免得敏蒂又放屁。

「對不起，校長。」敏蒂調皮地笑了一下。

「這已經是妳這禮拜第十二次被叫到校長室來了，今天才禮拜二耶。」

「我已經說對不起了！」

髒兮兮
糟糕壞小孩

「光說對不起還**不夠**！今天數學老師普莉森小姐因為妳發出『如**雷**般的**屁**聲』而把妳趕出教室，昨天可憐的歷史老師卜小姐還在課堂上被妳的屁臭昏，然後還被送到保健室。」

「放屁的應該是『**卜**』小姐吧。」敏蒂再度露出淘氣的笑容。

「妳要稱呼她卜老師！我告訴妳，卜老師是個很優雅的人，她在學校教了二十年的書，我從來沒聽過她放屁。現在妳還有什麼話說？」

敏蒂腦海中突然閃過一個邪惡的念頭。

噗——！一陣屁聲傳來。

屁味短時間內蔓延至整個房間，
汙濁的**惡臭**悄悄竄進校長鼻子裡，
她立刻用手帕搗住口鼻。

猛放屁的敏蒂

「妳這個壞心的小孩！」

校長對憋笑的敏蒂大吼。

「出去！馬上滾出我的辦公室！快！快點！快出去！」

「去！去去！去去去！」她用最快的速度發出一連串噓聲，把敏蒂趕走。

敏蒂朝著門口走去，每走一步，就往校長的方向放個小屁。

「妳要是敢再發出一個屁聲，就會被退學！聽到沒有？

退學！」砰！

校長猛力一甩，把門關上。

敏蒂獨自站在走廊上，很滿意自己的成果。

她蹦蹦跳跳地離開，一路瘋狂放屁。

噗！噗！噗！噗！

不想回去上數學課的她決定找一間空教室躲進去，等待下課鐘響。她偷偷溜進音樂教室，一排排樂器靜靜地擺在那裡，等著被彈、被吹、被演奏。

不出所料，敏蒂深受那些必須「吹氣」的管樂器吸引。薩克斯風、小號、長號和低音號全都立在架子上閃閃發光，其中又屬低音號的體積最大。敏蒂彷彿被催眠般，慢慢走向低音號。完全沒有音樂底子的她試著吹奏樂器，結果只發出悲慘又微弱的隆隆聲。

正當她打算放棄的時候，心裡突然冒出一個頑皮的想法。她把低音號的喇叭口放在屁股下，

使盡全力放屁。

低音號發出沉厚悠長的樂音。

猛放屁的敏蒂

敏蒂又驚又喜，
決定再試一次。
這一次，
她成功連續吹出三個高音。

滴 **答！** *滴* **答！** 滴 **答！**

她開始掌握到吹低音號的訣竅了。

很快的，溫蒂就吹出各式各樣的音符，組成一段旋律。雖然不是什麼偉大的古典音樂作品，卻有種**自由爵士**的調調。

嘟**咚** 嘟**咚** 滴 **答答** **咚！**

髒兮兮
糟糕壞小孩

敏蒂好開心，抓著屁股下的低音號在教室裡轉圈圈。
她現在吹出的曲調簡直**不可思議**。

這時，一把年紀的音樂老師丁克先生正好
經過教室，悠揚的樂聲讓他忍不住停下腳步。

他教書教了這麼多年，
從來沒聽過有學生
吹低音號吹得這麼好。
丁克老師熱淚盈眶，
連忙打開教室的門。一
陣**屁味**撲鼻而來。

猛放屁的敏蒂

　　丁克老師被眼前的畫面嚇了一跳。敏蒂居然用屁股吹奏他最寶貝的樂器！他原本想放聲大吼，叫敏蒂住手，可是優美的旋律讓他遲遲沒有動作。隨著音符 愈升愈高，
他的心也愈來愈澎湃。這個小女孩簡直是音樂**神童**！
她一定會成為有史以來最傑出的音樂家，在世界各地舉辦盛大的音樂會，門票全部賣光光！至於丁克老師，
大家都會記得他是個謙卑的好老師，
發掘出難得一見的明星音樂家。

　　「敏蒂！**妳真有天分！**」
丁克老師大喊。

　　「丁克老師，
我只是在放屁而已。」
敏蒂回答。

　　「我知道。拜託妳繼續放。
這些屁吹出的曲調 **太動人、太美妙了！**」

髒兮兮
糟糕壞小孩

「好喔，沒問題。」

那天晚上，丁克老師匆匆趕到敏蒂家，把他的計畫告訴她爸媽。他們已經飽受女兒臭屁摧殘已久，聽到她有機會好好運用自己奇怪的「天賦」，他們非常高興；更棒的是，這樣敏蒂就不會待在家裡，他們也不必用曬衣夾夾住鼻子看電視了。

第二天早上，敏蒂來到學校，
丁克老師送她一個非常特別的禮物。
一把全新又閃亮的低音號。

「好了，敏蒂，」丁克先生說。
「我要妳好好練習，努力練、**認真練**，
練到屁股麻痺為止！」

「是的，丁克老師！」
「我已經租借了全世界**最棒**的音樂廳，

讓妳展開光輝燦爛的職業生涯！
那就是 **英國皇家亞伯特音**樂廳！」

噗！敏蒂放了一個響屁。

「那是故意的嗎？」丁克老師問道。

猛放屁的敏蒂

「不是，丁克老師，我太緊張了。」

丁克老師很高興自己收了一個才華洋溢的學生，熱情邀請世界各地最傑出的作曲家和指揮家來聽敏蒂的首場演奏會，就連皇室成員也在賓客名單上——不是這裡就是那裡的公爵與公爵夫人。

與此同時，敏蒂聽從老師的話好好練習，每天放學後都會花好幾個小時在音樂教室裡吹低音號。教室裡瀰漫著可怕的屁味，臭到牆壁上的油漆都剝落了。不過敏蒂倒是很開心。

日子飛快流逝，
重要的演奏之夜
日日進逼……

髒兮兮
糟糕壞小孩

* * *

這天終於來了。敏蒂要在皇家亞伯特音樂廳舉辦她的世界首演。

今 晚
皇家亞伯特音樂廳
丁克老師隆重鉅獻
音樂神童
管樂手敏蒂

敏蒂在後臺的大梳妝室裡進行最後準備，快樂地大啖她的「**特製放屁餐**」，能吃多少就吃多少。

粥、 豆子、 無花果乾、 豌豆泥、 焗烤花椰菜、

蛋、 扁豆湯、 Lentil 和 李子汁 PRUNE 捲心菜

填料餡、

全都混在一個**大**鍋裡。

敏蒂咕嚕咕嚕地把食物吞下肚。

為了確保自己有足夠的屁進行演奏，
她又喝了一大瓶**汽水**。
現在她的肚子裡滿是氣體，

不停 冒泡。

「很棒吧，丁克老師？我覺得我要快爆炸了！」敏蒂
說。「我的屁可以演奏好幾個小時喔。」她補上一句，
興奮地爬上彈跳床，邊跳邊數。

「三百！
兩百九十九！
兩百九十八！」

她每 跳一下，
就放出一個
尖聲 屁。

噗咿！
噗咿！

噗咿！

敏蒂跳了一個多小時，肚子裡的食物和飲料全都
完美地 —— 或可怕地，看你怎麼想 —— 攪在一起。

名聲顯赫、卓越不凡的賓客全都坐在觀眾席上，
不是這裡就是那裡的公爵與公爵夫人也來了。
公爵身著天鵝絨晚宴西裝，公爵夫人則穿著舞會長禮服，
戴著形狀像王冠的鑽石頭飾。

周遭的燈光漸暗，丁克老師走上皇家亞伯特音樂廳
大舞臺，一盞聚光燈打在他身上。

髒兮兮
糟糕壞小孩

「皇室殿下、貴族閣下、各位先生、各位女士，大家好，歡迎來到這場特別的音樂饗宴。今晚，我要向你們介紹我發掘出來的音樂奇才，一個天賦異稟的女孩。她從來沒學過樂器，直到一個月前才第一次吹出音符！」

觀眾們**倒抽一口氣**，不敢相信自己的耳朵。

「請安靜！請安靜！」

丁克老師提高音量，努力壓過愈來愈響的細碎低語。

「你們一定**不會失望**。這個小女孩可說是

當代最出色的**自由爵士**低音號手之一……

不，應該說是有史以來**最出色的！**」

「各位，請容我介紹……

猛放屁的敏蒂！」

觀眾席爆出熱烈的掌聲。

丁克老師微笑地鞠躬致謝。

猛放屁的敏蒂

那個女孩那麼**瘦小**，怎麼可能是
厲害的**低音號手**呢？

髒兮兮
糟糕壞小孩

觀眾們看著敏蒂慢慢走上舞臺，不可置信地搖著頭。丁克老師是不是搞錯了？敏蒂帶著微笑向觀眾鞠躬，**噗噗噗**地放了幾個小屁。站在舞臺側邊的丁克老師神情緊張，幸好臺下似乎沒有人聽到，只有一位後臺工作人員臭到**昏倒**。

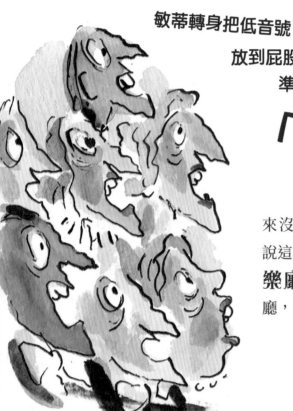

敏蒂轉身把低音號
放到屁股下，
準備放屁。

「什麼！」

觀眾大為震驚。他們從來沒見過這麼低俗的事，再說這裡可是**皇家亞伯特音樂廳**，一座宏偉華麗的音樂廳，屬於皇家的音樂廳！

猛放屁的敏蒂

有那麼一刻，臺下好像快要暴動了。

敏蒂看看丁克老師，只見他瘋狂地比手畫腳，要她快點開始。

敏蒂開始演奏。

甜美的樂聲瞬間縈繞整座音樂廳。觀眾們驚訝不已，陷入靜默。敏蒂吹奏出來的旋律美到難以形容。才吹了幾個音符，所有人就陶醉其中，聽得好入迷。她的屁股牢牢抓住了大家的心。

丁克老師知道，
世人一定會永遠記得音樂史上的這一刻。

可是……

髒兮兮糟糕壞小孩

……吃了那麼多容易放屁的食物和汽水，又在彈跳床上跳上跳下，敏蒂的屁變得又**臭**又**響**。

事實上，
她的**屁味**
濃到
讓人鼻孔 出現

灼熱感。

親愛的讀者，不用說也知道，故事就是從這裡開始

急轉直下，徹底變調了。

猛放屁的敏蒂

　　丁克老師赫然發覺臺下的觀眾有如枯萎的死花般一排接著一排暈過去。先是有公爵與公爵夫人的第一排，

然後是第二排，，

再來是第三排。

屁味就像洶湧的浪潮來襲，狠狠打在他們身上。

敏蒂一邊演奏，一邊用力放愈來愈多的屁。
過沒多久，所有觀眾都昏倒了。
　　丁克老師急忙衝上臺想阻止敏蒂，
卻被濃厚的臭味擊倒，摔落舞臺，
一頭栽進樂池的鋼琴裡。

猛放屁的敏蒂

敏蒂突然發現，

不管她怎麼努力，

就是無法停止放屁。

先前她總是收放自如，

想停就停，

想放就放，

可是現在她的
屁股完全

脹氣的肚子

也愈來愈大，

速度非常驚人。

失控，

屁噗噗噗地放，
想憋都憋不住。

她的

屁股就要像

核彈一樣

爆炸啦！

一陣詭異的**寂靜**無聲後……

敏蒂放了一個驚人的響屁，屁量之大讓她有如火箭前般以不可思議的速度飛出去。

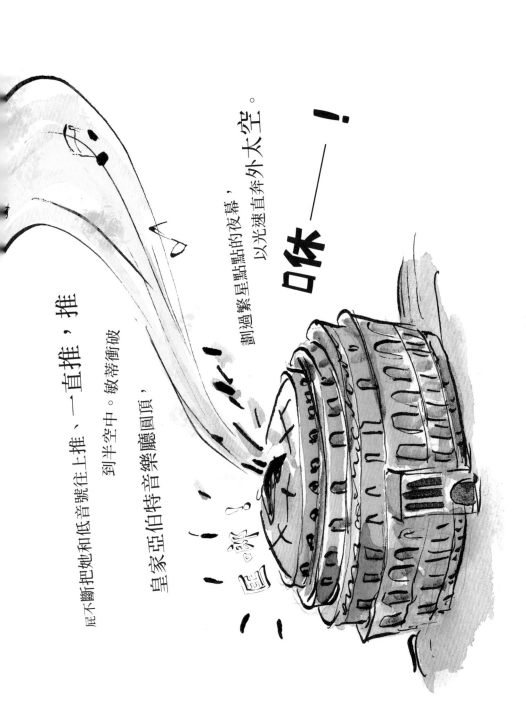

屁不斷把她和低音號往上推、一直推，推到半空中。敏蒂衝破皇家亞伯特音樂廳圓頂，劃過繁星點點的夜幕，以光速直奔向外太空。

咻——！

根據駐守在國際太空站的太空人回報，他們聽見很美的**自由爵士樂**，認為可能是外星生物試著聯繫地球，於是便穿上太空裝跑出去。眼前這一幕讓他們目瞪口呆⋯⋯

一個小女孩表情驚恐，

屁股後面拖著

低音號飛過銀河。

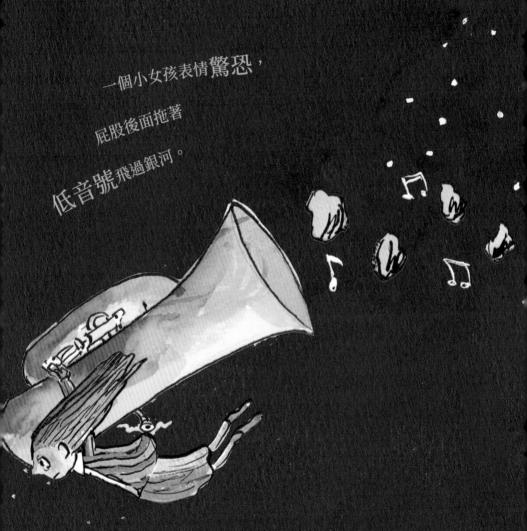

之後就再也沒有人見過放屁敏蒂了。

髒兮兮
糟糕壞小孩

你問這個故事的寓意是什麼？

就是**放屁**一點都不好笑。

所以我才不會寫跟屁有關的故事呢！

禁止
放屁！

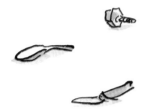# 一板一眼的
恩斯特

　　恩斯特今年十二歲，從來沒笑過。他喜歡無時無刻擺臭臉，露出嚴肅的表情，而且極度傲慢，完全不碰任何「好玩」或「有趣」的事。喜悅和笑聲對他來說非常陌生。他從不看卡通、不玩遊戲，也不參加生日派對。

一板一眼的恩斯特

其他同學試著找恩斯特一起玩，但他每次都拒絕，只想獨自一人沉浸在無聊到不行的嗜好裡。

恩斯特收藏了
一大堆鉛筆屑，
數量無人能敵；

除此之外，
他週末還會去拍紅綠燈，
再把照片貼在
標有「紅綠燈 1-217」字樣
的剪貼簿裡。

不過，恩斯特最愛的還是自己發明的猜謎遊戲。他會推斷各式各樣的物品是用什麼金屬做的。

「媽媽，我猜烤麵包機是用鐵做的。」
有天早上，恩斯特對一起坐在廚房裡的媽媽說。她已經忍受這種折磨很久了，恩斯特每天都穿一樣的灰色繫帶鞋、灰色長褲和灰色襯衫，鈕扣一路扣到脖子，衣著就跟制服差不多。

髒兮兮
糟糕壞小孩

恩斯特的媽媽是個性格開朗的人,與兒子恰恰相反。她身材高大、活力充沛,總是穿著色彩鮮豔、有滿滿花朵圖案的衣服。但是她臉上的皺紋卻因為憂慮而愈來愈深,因為恩斯特從來不笑,一點微笑也沒有,讓她非常擔心。

她盡責地拿起烤麵包機,細讀刻在底下的產品資訊。

「恩斯特,

你又猜對了!」

她努力擠出僅存的 熱情,喃喃地說。

一板一眼的恩斯特

「我們來猜捲筒衛生紙架吧。
我猜是鋁製的！」
「又猜對了，恩斯特！
這個遊戲真棒，怎麼**玩**都玩不膩。」
恩斯特的媽媽說了一個小謊，
接著鼓起勇氣詢問兒子。

「恩斯特，我在想……你今天想不想做點**好玩**的事？」

「好玩？」恩斯特大叫。

「媽媽，妳所謂的『好玩』是什麼意思？」
「呃，就是……**娛樂**之類的。」

「娛樂？」

「對，很多事都很好玩，比方說……去動物園！
看紅毛猩猩們玩耍很有趣呀！」媽媽說。
「我不這麼覺得，」恩斯特冷冷回答。

「紅毛猩猩不過是紅褐色的猩猩，有什麼好玩的？」

媽媽嘆了口氣，決定再試一次。「那我們去露天遊樂場好不好？在鏡子屋裡照哈哈鏡很好玩喔！」

「媽媽，那到底有什麼……」恩斯特勉強擠出那兩個字，「好玩的？」

「這個嘛……」面對一個完全沒幽默感的人，實在很難解釋。「有面鏡子會讓你變得又高又瘦！」

「嗯。然後呢？」恩斯特無動於衷。

「然後……呃……」

恩斯特看著媽媽，嘴角扭曲，露出不屑的表情。

「另一面會讓你變得又矮又胖！很神奇吧！

一板一眼的恩斯特

哈哈哈！」

恩斯特皺起眉頭，眼裡滿是鄙視。她的笑聲戛然而止。

「媽媽，我明明不高不瘦，也不矮不胖。為什麼鏡子屋裡要放哈哈鏡，不放普通的鏡子就好？有鍍鋁的那種？」

「因為那樣就不好玩啦！」媽媽有點惱火。「聽著，兒子，算了，別管動物園和露天遊樂場了。還有更棒的東西喔！」

「真的嗎？」

「真的！今天早上我收到消息，有**馬戲團**來囉！」

恩斯特的鼻子輕蔑地皺了一下，
但他媽媽不畏艱難，繼續說下去。

「我們可以去看小丑表演。
他們總會逗得觀眾哈哈大笑，

絕無例外！」

髒兮兮
糟糕壞小孩

「媽媽，妳說的這些小丑**很有趣**，對嗎？」

「**對！很有趣！超搞笑喔！**」媽媽急忙回答。

看樣子恩斯特終於要上鉤了，

現在她只要再加把勁說服他就好。

「他們會開著小丑車進入馬戲團帳篷，

可是下車前車門就掉了！

哈 哈 哈！ 哈！ 哈！」

恩斯特陷入沉思。

「媽媽，小丑車是用什麼

金屬做的？」

「我不知道，兒子，」媽媽搖搖頭。

「那不是重點啦。」

「是鐵嗎？」

「我不知道。總之小丑下了車，

拿了好多大水桶，然後——」

「媽媽，那些水桶是用什麼金屬做的？」

一板一眼的恩斯特

「我不知道！」「是鋅嗎？」

「拜託，恩斯特！我的天哪！
那些水桶是用什麼蠢金屬做的根本不重要！」

恩斯特對媽媽瞪了一個銳利到足以殺死大象的眼神。

「媽媽，金屬一點也不蠢，我從兩歲就開始研究金屬
了，」恩斯特用毫無抑揚頓挫的單調語
氣說。「各種金屬的特性極其有趣，
舉例來說，妳知道銀的化學符號
『Ag』是從拉丁語中的銀——
『argentum』來的嗎？」

「好好好，真有趣，可是——」

「沒錯，媽媽，非常有趣。
所以我堅持不去妳剛才說的動物園、
露天遊樂場或馬戲團。

好了，不好意思，
我要去研究我收藏的乳酪刨磨器了。」

恩斯特說完便離開廚房，回到樓上的房間。

他的房間牆壁全都漆成**灰色**。床鋪是**灰色**，絨毛毯是**灰色**，就連窗簾也是**灰色**。由於他的衣褲全是**灰色**，所以有時很難發現他在房間裡[8]。

8　灰色是恩斯特最喜歡的顏色，因為大多數金屬都是灰色，但金和銀不是。金是金色，銀是銀色（有點像灰色）。恩斯特認為灰色以外的顏色都「太繽紛了」。

一板一眼的恩斯特

接下來一整天，
恩斯特都在房間裡研究他的乳酪刨磨器。

他叫媽媽用托盤把晚餐送上來放在房門口。
他的晚餐是一盤冷豌豆。恩斯特無論早餐、
午餐還是晚餐都只吃這個。
豌豆可說是世界上最無聊的蔬菜了。

第二天早上，恩斯特的媽媽起床時覺得很不舒服，內心
的擔憂前所未有。她的兒子已經十二歲，很快就會進入青春
期了。她急著想讓他做點小孩子該做的事、體驗童年的美好

歡樂、 笑聲、 玩耍 和朋友

再不快點，一切就來不及了。

她從冰箱拿出另一包冷凍豌豆，準備替恩斯特做早餐。
就在這個時候，她意識到自己必須採取激烈手段，

否則永遠看不到寶貝兒子的笑容。

她翻開報紙仔細尋找，發現以下這則廣告：

卓林教授

全球知名幽默障礙權威

多年來，卓林教授成功治癒了不笑的皇室成員、
無聊到極致的網球選手，以及許多過於嚴肅的首相。
如果你身邊有親朋好友從來不笑，

不要猶豫，立刻撥打

爆笑諮詢專線：0207-946-0000。

恩斯特的媽媽馬上預約隔天看診。

卓林教授的研究室位於醫院一百樓，牆上掛著許多醫學
證書與相關證照，還有一個擺滿獎狀和獎牌的玻璃櫃，辦公
桌後方懸著一幅巨大的肖像油畫，畫的正是教授本人。他不
僅在職場上成就非凡，更是專家中的專家。

一板一眼的恩斯特

恩斯特坐在候診區翻閱《每月湯勺》雜誌，
媽媽則在研究室裡把他只吃冷豌豆、
收藏鉛筆屑和**紅綠燈照片剪貼簿**——
他目前已經拍了五百五十八本了——
的事一五一十告訴教授。她對教授說，
恩斯特這輩子從來沒笑過，
連一點小微笑也沒有。

「這大概是我多年執業以來聽過

最嚴重的**幽默障礙**！」
卓林教授興奮大喊。

「要是能成功讓妳的兒子露出笑容，

我就能名留青史，成為有史以來**最偉大**的科學家！」

儘管教授非常專業，恩斯特的媽媽還是不太相信他能讓
恩斯特發笑。「可是⋯⋯教授，你到底要怎麼做呢？所有方
法我都試過了。」

卓林教授誇張地揮舞手臂，拉開一道長長的簾幕。

「我來向妳介紹我的最新發明⋯⋯

搔癢機器人 3000！」
一個巨大的機器人

瞬間映入眼簾，不過它沒有手臂，

只有許多長長的金屬觸手。

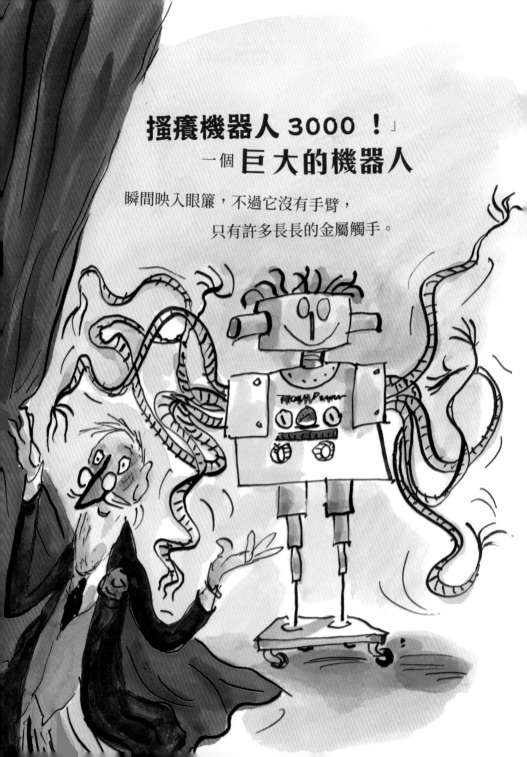

一板一眼的恩斯特

「我的天哪！」媽媽倒抽一口氣。

「沒錯，很驚人吧！」卓林教授帶著贊同的語氣說。「我的**搔癢機器人3000**不用幾秒就能讓妳的兒子笑到停不下來！快讓他進來吧！」

媽媽打開研究室的門說：「恩斯特，可以請你馬上進來嗎？」

「可是，媽媽，我正在讀一篇很棒的文章，內容在介紹不同種類的金屬所做成的各式各樣、大大小小的湯匙。」他看著雜誌回答，完全沒抬頭。

「我說馬上！」 媽媽生氣地大喊。

恩斯特心不甘情不願地放下《每月湯勺》，走進研究室。

「很高興認識你，恩斯特。」卓林教授親切地打招呼。

恩斯特只是站在那裡看著教授，表情一如往常地臭，好像吞下一隻黃蜂一樣。

「我知道你可能**不這麼想**，

但我發明的機器人一定能

讓你哈哈大笑！」教授說。

「這個機器人是用什麼**金屬**做的？」

恩斯特問道。

「不好意思，你說什麼？」教授愣了一下，

完全沒想到他會天外飛來一筆，

問這種毫不相干的問題。

「這個機器人是用什麼金屬做的？我猜是……」

恩斯特仔細打量機器人。「錫！」

「他常常這樣。」媽媽小聲說。

卓林教授嘆了口氣，看看機器人背面。

「沒錯，是錫！

好啦，這個資訊很棒，

我們已經知道了，

現在我要啟動

搔癢機器人 3000。

三、

二、

一……」

一板一眼的恩斯特

　　教授啪地按下側邊開關，機器人搖搖晃晃，動了起來。
機身的燈光一閃一閃，發出嗶嗶的聲音。

嗶！ 嗶！ 啵！

　　下一秒，機器人就伸出兩隻觸手，
朝恩斯特的方向前進。

　　恩斯特想轉身逃跑，卻被機器人緊緊抓住。

　　「**我不喜歡這樣！**」他大聲抱怨。

　　「放心，恩斯特，我保證它絕對不會傷害你。」卓林教
授安撫道。他又按了幾個按鈕，機器人伸出另外兩隻觸手，
對恩斯特展開**搔癢**攻勢。

機器人瞄準那些最容易癢的地方
搔個不停。

首先是下巴，

再來是腳底，

最後是最敏感、

最慘無人道的搔癢點——

腋下。

卓林教授與恩斯特的媽媽仔細觀察
他的臉，想看看他的嘴角有沒有抽動，
泛起小小的微笑。

可是什麼都沒有。

一板一眼的恩斯特

一點跡象也沒有。

「奇怪，太奇怪了。我把強度調高看看！」教授說。

機器人的胸口有一塊寫著「**搔癢強度**」的調節面板。卓林教授轉動調節鈕，指針立刻從三指到九。

九的後面是十，再來是標示著「**危險**」的紅色區塊。

現在機器人的觸手動得比剛才更快。多隻觸手拂過恩斯特全身，想找新的搔癢點。

他的膝蓋、肚子，甚至是耳朵，

全都被搔癢機器人 3000 搔遍了。
教授和媽媽再次檢視他的表情。
一樣，什麼都沒有。

「媽媽，我們可以回家了嗎？
　　　　我想玩我收藏的鐵屑。」

恩斯特的媽媽還來不及回答，
　卓林教授就大叫：「**不行！**」

髒兮兮
糟糕壞小孩

「噢！」

媽媽被教授突如其來的**吶喊**嚇了一跳。

卓林教授手腕一轉，把機器人身上的調節鈕轉到

「危險」區。

「這樣安全嗎？」媽媽慌張地問，

臉上滿是驚恐。

「我不知道，」教授回答。

「但我一定要讓妳這個

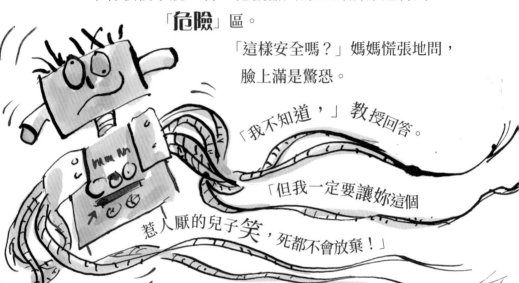

惹人厭的兒子笑，死都不會放棄！」

搔癢機器人 3000 猛烈搖晃，發出喀噠喀噠的聲響。愈來愈多觸手從它胸前竄出來伸向恩斯特，開始在最莫名其妙的地方搔癢。

他的手肘、他的鼻子、他的眉毛。還是一樣完全沒反應。

「媽媽，好了沒？很煩耶！」恩斯特大發牢騷。

一板一眼的恩斯特

卓林教授氣到臉都歪了。

「搔癢機器人 3000 ！」他放聲大吼。

「你是我**畢生**的心血！

我最偉大的發明！

你真的讓我很失望！」

他脫下皮鞋猛敲機器人的頭。

鏘！ 鏘！ **鏘！**

髒兮兮
糟糕壞小孩

機器人發出一連串嗶嗶聲和嘶嘶聲。

嗶！ 啵！ 嘶！

雖然它只是機器，聽起來卻有情緒，似乎很火大的樣
子。它停止對恩斯特的攻勢，慢慢轉向主人，
接著伸出觸手搔他的癢。很快的，
觸手就從頭到腳搔遍教授的身體。

他的耳後、

屁股，

還有腳底無一倖免。

「哈哈哈！不要！快住手！」卓林教授大叫。「我最討厭……
哈哈哈哈！被搔癢！」教授笑到全身發抖。
「哈 哈 哈哈 哈 哈 哈哈 哈！」

一板一眼的恩斯特

　　但這不是開心的笑，而是痛苦的笑。被搔癢根本就是酷刑，特別是**搔癢機器人 3000** 火力全開的時候！

「哈 哈 哈 哈 哈！救命！救命啊！拜託，**誰來救救我！**」

　　恩斯特的媽媽覺得自己應該想點辦法，而且要快。

　　情急之下，她飛身撲向機器人，打算轉動調節鈕。

搔癢機器人 3000 立刻伸出觸手搔她的癢。

過沒多久，她就像無法翻身的甲蟲一樣四腳朝天躺在地上，拚命揮動四肢。

「哈哈 哈哈！」恩斯特的媽媽放聲哀號。

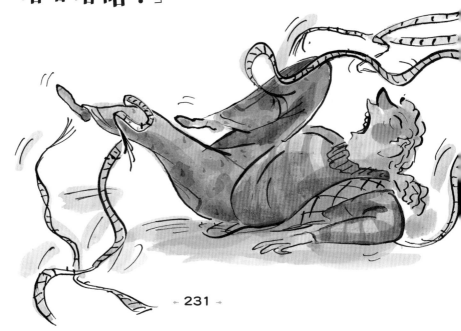

髒兮兮糟糕壞小孩

與此同時，機器人激烈抽搐，動作難以捉摸，速度也越來越快，不斷發出吵雜的嗶嗶聲和嗡嗡聲。

叮！　嗶！啵！　叮！　叮！

一板一眼的恩斯特

它的眼睛噴出火花，頭上冒出陣陣濃煙。

機器觸手的移動速度快到看不清楚，變得好模糊。

「**別搔了！哈哈哈！快住手！**」卓林教授大叫，全身上下想得到的地方都被搔遍了。

「我覺得我快**尿**出來了！」

急著逃出搔癢魔掌的教授開始和機器人搏鬥，雙方不斷扭打。教授用力咬住觸手，卻被機器人壓在牆上動彈不得。

「哈 哈 哈 哈！不！不要！

不行！你害我漏尿了！

哈 哈 哈 哈哈！

我受不了了！」

卓林教授飛也似地跳出窗外。

他的研究室在醫院一百樓，因此他有足夠的時間大喊：

「啊，舒服多了！」

隨後便重重跌落地面，

發出巨響。

蹦！

哎喲！

一板一眼的恩斯特

恩斯特忍不住在研究室裡放聲大笑。

「哈 哈 哈哈 哈 哈 哈 哈 哈 哈 哈 哈

喜悅讓他的臉漲成粉紅色，
豆大的淚珠沿著雙頰滾落下來。

哈 哈 哈 哈 哈 哈 哈 哈 哈 哈 哈 哈 哈 哈 哈 哈！」哈

與此同時，**搔癢機器人 3000** 系統故障，徹底瓦解，轟隆隆地癱倒在地。

匡啷！

一板一眼的恩斯特

「恩斯特，你笑了。**你終於笑了！**
可是……為什麼呢？」媽媽驚訝地問道。

「因為實在是太好笑了！」恩斯特回答。

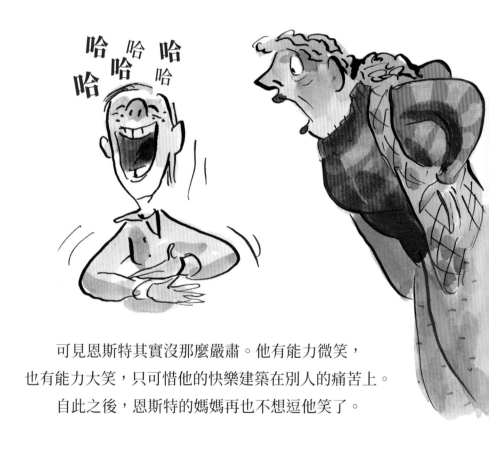

　　可見恩斯特其實沒那麼嚴肅。他有能力微笑，
也有能力大笑，只可惜他的快樂建築在別人的痛苦上。

　　自此之後，恩斯特的媽媽再也不想逗他笑了。

　　至於恩斯特，他長大後找到一份完美的工作，成為理科老師。他四十年來都在同一所學校教書，沒有一個老師或學生看過他笑。他日復一日板著一張臉，大家都對他的嚴肅感到厭倦，覺得好無聊。

　　直到有一天，他在課堂上做實驗，結果出了嚴重的差錯，釀成大爆炸。

蹦！

一板一眼的恩斯特

　　剎那間火舌四竄，可憐的實驗室助手屁股著**火**了！學生們驚愕地望著這一幕，恩斯特卻哈哈大笑了起來。

「哈哈 哈哈！」他指著冒煙的助手大聲嘲笑。

　　可是他笑得太用力，

　　不小心漏了幾滴尿。尿液沿著褲管流下來，

　　在教室地板上形成一小灘**尿池**。

全班立刻**爆**出大笑。

成為笑柄的恩斯特

這才覺得一點也不好笑。

那個男孩永遠不准靠近我的書報攤！

只想賴著沙發的
蘇菲亞

　　蘇菲亞只想整天賴在沙發上看電視。不用懷疑，她絕對是**糟糕壞小孩**之一。

　　她從來不去上學，也不幫媽媽做家事，更不到餐桌旁吃晚餐。除了坐在沙發上看電視外，蘇菲亞什麼都不做。

只想賴著沙發的蘇菲亞

　　電視上播什麼並不重要。**肥皂劇、推理劇、益智節目、園藝節目、選秀節目、卡通、政論節目**……就連那種主持人拿無聊的老舊破爛垃圾裝成珍貴古董的節目她也照看不誤。只要螢幕閃爍著畫面，蘇菲亞就會黏在電視機前不走。廣告是她的最愛。有時她還會覺得是電視節目打斷了廣告。

　　蘇菲亞沒日沒夜地癱坐在沙發上邊吃東西邊看電視。

洋芋片、和巧克力

餅乾、
蛋糕、甜食　　　　　　　是她最喜歡的食物，

　　　　　　　　　　　經常盯著電視狼吞虎嚥。

　　如果出現洋芋片、餅乾、蛋糕、甜食或巧克力廣告，

她就會扯開喉嚨大叫，要媽媽多拿些零食來。

「媽——媽——！

巧克力——！快點！」

　　　　　　　　她放聲大吼。

髒兮兮
糟糕壞小孩

可憐的媽媽 —— 之所以說她可憐，是因為她得花光所有錢幫女兒買一大堆食物 —— 只能飛也似地衝到街角雜貨店幫她買一條巧克力。

她買回家後，電視上又會出現其他蘇菲亞喜歡的食物廣告。蘇菲亞會直接叫媽媽再次出門買零食。

「媽——媽——！蛋糕！」

邊看電視邊吃，邊吃邊看電視。
這就是蘇菲亞的生活。她的雙眼因為整天盯著電視機慢慢變成正方形；轉臺是她唯一會做的運動。

不過因為有遙控器，
所以所謂的運動也只是用手指按按鈕而已。
如果按累了，她就會放聲大喊：

「媽——媽——！ 轉到第三臺！快點！」

不出所料，
蘇菲亞的媽媽有一天終於受不了了。

只想賴著沙發的蘇菲亞

「小姐，妳至少該關掉電視起來活動一次吧！」
媽媽用命令的口氣說。

「不要，」蘇菲亞緊盯著電視喃喃回答。
「我要把這個節目看完。」

「什麼意思？妳是說把這集看完嗎？」媽媽問道。
「才不是咧，是整季。」蘇菲亞說。
「那不是沒完沒了嗎！妳在看肥皂劇耶，永遠演不完！
好了，小姐！**快點起來！**」

媽媽用手撐著蘇菲亞的腋下，想把她抬起來。

「三、二、一、拉！」

她好不容易移動蘇菲亞，
可是沙發也跟著動了。
蘇菲亞坐太久，完全黏在沙發上了！

事實上，她和沙發不知怎地融合在一起，
根本看不出來身體和椅墊的交界。蘇菲亞變成……

半人 半沙發了！

不過她一點也不擔心，只是繼續盯著電視，
看得津津有味。

爸爸一下班回家，媽媽便急著叫他幫忙。

他們倆試著把蘇菲亞從沙發上撬開。

只想賴著沙發的蘇菲亞

爸爸用一隻腳踩著沙發扶手，想運用槓桿原理施力，要媽媽也跟著這麼做。

「三、二、一、拉！」

蘇菲亞一動也不動。

她的爸媽決定請附近的街坊鄰居來幫忙。他們打算像鍊子一樣接在一起，形成長長的人龍。**上百個人**的力量一定能把蘇菲亞從沙發上拉起來。

好多人擠在客廳裡，大家從屋內一直排到屋外。

「不要擋住電視！」 蘇菲亞大吼。

蘇菲亞的爸爸
排第一個。

他環抱著女兒，

媽媽從背後抱住他，

住在隔壁的印蒂拉則緊抓著媽媽，

就這樣一直接下去。

大家手勾著手，

人龍一路延伸到大街上。

「三、二、一……拉！」 爸爸高聲大喊。

只想賴著沙發的蘇菲亞

髒兮兮糟糕壞小孩

結果還是一樣。蘇菲亞完全沒移動**半寸**。爸爸猛地往後倒，其他鄰居如骨牌般一個接一個跌坐在對方身上，最後大家躺成一團，堆得像小山一樣。有些人正好倒在蘇菲亞面前。

「你們又擋住電視了！」她嗚咽抱怨。

沒別的辦法了。蘇菲亞的爸爸決定打給緊急事故服務專線。

「**請問你需要什麼服務？**」接電話的專員說。

「警察、消防隊還是救護車？」

「我不確定，」爸爸說。媽媽在一旁急得像 熱鍋上的**螞蟻**。

「是這樣的，我的女兒黏在沙發上了。」

「**你的意思是她很愛賴在沙發上？**」專員問道。

「不是，是真的黏住，她好像跟沙發結合在一起了。」爸爸回答。

「**噢，天哪，這可就罕見了。**」專員說。

「之前我們遇過一個屁股卡在水桶裡的男人，還有一個頭塞在西瓜裡的女人，但我們從來沒聽過有人黏在沙發上。我可以派消防隊過去，把她從沙發上切下來。」

只想賴著沙發的蘇菲亞

「這個手段聽起來似乎有點極端。」爸爸擔心地說。

「小聲一點！我在看電視耶！」蘇菲亞大叫。

「那是什麼聲音？」專員問。

「沒事，」爸爸用氣音回答。

「是我可愛的女兒，半人半沙發那個。」

「哦，」專員想了一下。

「還是我派警察去逮捕嫌犯？」

「逮捕誰？」爸爸一頭霧水。

「沙發啊。」

「嗯……」爸爸沉思了一會。

「不用，沙發沒做錯什麼，我們也很喜歡這張沙發。」

媽媽點點頭表示贊同。

「那不然救護車好了？ 他們可以送你女兒去醫院，或許醫生能做手術把她和沙發分開？」

「好、好，這個方法很棒，」爸爸回答。

「請立刻派救護車過來！謝謝！」

救護車很快就來了。

不過還有一個問題。

變成半人半沙發的蘇菲亞體型實在**太大**，

沒辦法穿過前門。

救護車司機決定打電話叫一臺配有**超級大鐵球**的

吊車來支援。

不到一個小時，吊車就到了。吊車司機操縱大鐵球，

直直砸向蘇菲亞的家。

只想賴著沙發的蘇菲亞

磚牆被砸得粉碎。剎那間塵土飛揚，籠罩著街上每一個人。蘇菲亞依舊坐在那裡看她最愛的電視。

「快把那些灰塵弄走！我看不到電視了！」

她氣呼呼地大叫。

粉塵清乾淨後，救護車司機又發現一個問題。半人半沙發的蘇菲亞實在太重，完全抬不起來。他們把鐵球卸下，將吊車的鐵鍊牢牢綁在沙發上。

髒兮兮糟糕壞小孩

操縱桿一拉……

半人半沙發的
蘇菲亞
就被吊到
半空中。

咻——

發現自己再也看不到最愛的電視，
蘇菲亞開始大吵大鬧。

「電視！電視！電視！」
她反覆大喊。

只想賴著沙發的蘇菲亞

　　吊車司機一陣慌張，不小心拉錯操縱桿。沙發就這樣用力一甩——砸向馬路對面那排房子。

轟隆！

整排房屋一棟接一棟倒塌，
　　爆出漫天塵埃和建築殘骸。

砰！

　　街道上已經沒剩幾間房子了。

　　可是蘇菲亞一點也不在乎。她只想繼續看電視。

髒兮兮
糟糕壞小孩

　　磚瓦掉落的轟隆聲與無辜路人的尖叫聲逐漸平息，蘇菲亞的叫喊響徹整個社區：

「電視！電視！電視！電視！電視！電視！」

　　救護車司機用最快的速度打開車子後門；吊車司機則努力把蘇菲亞連人帶沙發甩進車裡。試了大約五百次後，他們才發現根本行不通，完全塞不進去。這時，救護車司機想到了一個方法。她用繩子把半人半沙發的蘇菲亞綁在救護車後面，這樣就能拖著她去醫院了。

「電視！電視！電視！電視！電視！電視！電視！電視！」

蘇菲亞一而再，

再而三地狂吼。

　　救護車司機只想快點擺脫這個有如**魔音穿腦**的叫聲；只要能讓蘇菲亞閉嘴，她什麼都願意做。她二話不說，立刻把電視機塞進救護車裡。

只想賴著沙發的蘇菲亞

節目畫面在蘇菲亞眼前不斷閃爍。這大概是她有記憶以來第一次這麼久沒看電視。整整關了一分鐘耶！好險電視再度打開，讓她鬆了一口氣。

救護車司機盡可能放慢車速，小心翼翼地行駛。蘇菲亞的爸媽坐在前座，他們的女兒則跟電視一起拖在後面。

半人半沙發的蘇菲亞慢慢滑過路面前往醫院，看起來好像很開心，畢竟一路上都有電視可看。

一切非常順利，直到……

髒兮兮
糟糕壞小孩

救護車急轉彎……

嘟———！

繩子和電視 電源線應聲斷裂。

啪！

只想賴著沙發的蘇菲亞

救護車司機完全沒發現，繼續往前開。

蘇菲亞和電視就這樣飛到馬路另一邊。

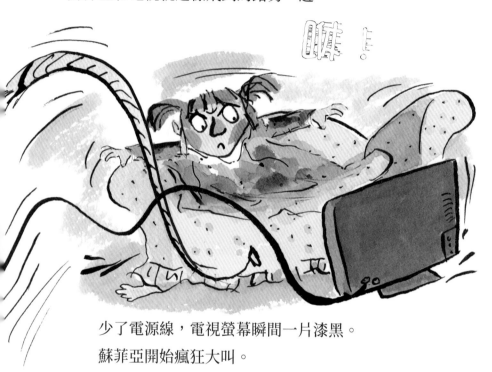

少了電源線，電視螢幕瞬間一片漆黑。

蘇菲亞開始瘋狂大叫。

「電視！電視！電視！電視！電視！電視！」

幸好，

在這千鈞一髮之際……

砰！

蘇菲亞以閃電般的速度直直衝進電器行的櫥窗裡。

她越過空中，撞上一臺大螢幕電視。

匡啷！

蘇菲亞就這樣卡在電視裡，變成三分之一的人，
三分之一的沙發和三分之一的電視，**三位一體**。

要是看太多電視，
就會變成這樣喔。

感謝老天，
終於
結束了！

完

再會！

David Walliams
大衛威廉的話

親愛的讀者，

　　很遺憾，這本故事集必須畫下句點。

　　希望你讀得很開心。這些可怕的孩子都是真人真事。

　　然而跟你的爸媽和老師談過後，我才發現我漏掉了一個糟糕壞小孩。

　　就是你！別擔心，我會彌補過錯、改變這種不公平的情況，一定會把你寫進《糟糕壞小孩》第二集！

David Walliams 大衛・威廉

真不敢相信
那個威廉還威利
先生居然把我
藏在這裡！